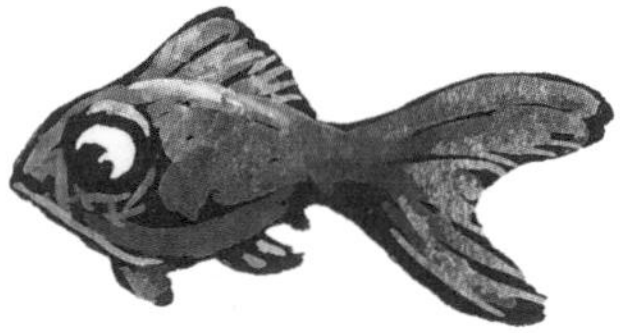

Sobo

Fische im Kopf

Sobo

Fische im Kopf

Altberliner

Berlin · München

Ein Kiosk voll miesem Gelächter

›Eine Schachtel Zigaretten ohne Filter, zwei Flaschen Bier, das mit der goldenen Banderole, für meinen Vater und eine Lakritz-Schnecke für mich‹, wollte Paul zu dem hinkenden Verkäufer am Kiosk sagen. Aber als er seinen Mund aufmachte, fielen die Worte überfallartig aus ihm heraus und übereinander her und ließen von dem Satz nicht viel übrig.

Paul sonderte ein Kauderwelsch aus unverständlichen Buchstaben und missverständlichen Worten ab, das so klang wie nicht zu verstehen, sodass der Verkäufer auch mit viel Mühe nichts verstand, nicht ein einziges Wort, und nur verständnislos den Kopf schüttelte. Er glotzte missmutig und trat ungeduldig mit seinem Holzbein gegen den Tresen, als wartete er eindeutig auf einen erneuten Anlauf.

Doch Paul hatte keine Lust sich noch ein weiteres Mal zu blamieren. Zumal ein aufdringliches Gekichere hinter seinem Rücken nicht zu überhören war.

Das war für Paul ärgerlich, aber keineswegs ungewöhnlich. Sobald Paul den Mund aufmachte, waren grinsende Gesichter die Regel. Manchmal auch nur blankes Entsetzen. Seltener Mitleid. Für viele war das, was für Paul normal erschien, eine Krankheit: Stottern. Paul stotterte, seit er sprechen konnte. Oder besser, er versuchte zu sprechen, seit er stotterte.

Paul zeigte also mit dem Finger auf die filterlose Zigarrettenschachtel, dann auf die Bierflaschen und zuletzt auf die Dose mit der Lakritze.

Der Verkäufer murmelte: »Warum denn nicht gleich so!« vor sich hin und stellte das Verlangte auf den Tresen und Paul vor die Nase.

Paul zahlte, nahm das Rückgeld in die eine, die Schachtel Zigaretten in die andere Hand, klemmte die Flaschen unter den Arm und steckte die Schnecke sofort in den Mund.

Dann verließ er beobachtet von spöttischen Blicken (als ob Stottern am Laufen zu erkennen wäre) den Kiosk. ›Zweimal zweizwanzig gleich viervierzig plus fünf gleich neunvierzig plus 20 Pfennige ergibt neunsechzig! Zwanzig Mark minus neunsechzig sind zehnvierzig zurück. Verdammt schon wieder gelinkt!‹

Ja, in Pauls Hand lagen nämlich nur exakt neun Mark und vierzig Pfennige. Also hatte ihn der Verkäufer schon wieder ganz gemein beschissen.

Am liebsten wäre Paul wutschnaubend zurück gelaufen und hätte diesem miesen Verkäufer erst mal die Hölle heiß gemacht und ihm dann ordentlich gegen das Bein getreten. Aber das war alles reine Wunschvorstellung. Natürlich hätte Paul vor Wut und Aufregung nur ein nicht ernst zu nehmendes Gestammel aus sich herausgebracht.

Also schwor Paul Rache und dachte, ›Irgendwann zahl ich es dem heim‹, und schlenderte Lakritze kauend nach Hause.

Ein zitternder Unterrock, allerhand knutschende Paare

»Vom Winde verweht! Rhett Butler und Scarlett O'Hara. Im Schlafzimmer in Atlanta«, sagte Pauls Vater.

»Falsch«, zischte Pauls Mutter.

Und ›oh, oh!‹, dachte Paul, ›wieder nicht richtig!‹

»Casablanca! Humphrey Bogart und Ingrid Bergmann. In Ricks Café«, sagte daraufhin Pauls Vater.

»Falsch!«, zischte Pauls Mutter erneut.

Und ›oh, oh!‹, dachte Paul abermals und: ›Jetzt ist die Kacke erst richtig am Dampfen.‹

Natürlich hatte Paul mal wieder Recht. Und seine Mutter dachte haargenau das Gleiche. Sie brüllte mit sich überschlagender Stimme und lauter als zuvor: »So wird das nie was!«

Ihr Gesicht verfärbte sich schlagartig rot und ihr Körper zitterte wie mit dem Finger in der Steckdose. Sie stand in ihrem hautfarbenen, eng anliegenden Unterrock neben dem Sessel. Auf ihm saß Pauls Vater in seinem hellblauen Trainingsanzug mit den drei weißen Streifen über der Brust. Er starrte unbeweglich und wie hypnotisiert auf das vor ihm stehende Fernsehgerät. Aber Pauls Vater sah nichts. Weder das sich gerade abknutschende Paar auf dem Bildschirm noch den sie beobachtenden Spion im Gebüsch. Der Grund war Pauls Wollschal vor seinen Augen. Pauls Vater versuchte, ohne etwas zu sehen, nur durch das Hören der Geräusche die Szene zu erkennen, um dadurch den Film zu erraten, aus dem sie stammte.

Das ging hin und wieder und ziemlich oft schief, sodass Pauls Mutter wie besessen um den Sessel hüpfte und schrie wie vom Winde verweht.

Man könnte jetzt annehmen, Pauls Vater war nur zu bescheuert die Filme einwandfrei zu erraten. Aber es war wirklich nicht einfach. Einhundert verschiedene Liebesfilme auf Videokassetten türmten sich neben dem Rekorder. Pauls Mutter schob sie wahllos in den Apparat. Sie spulte ebenso wahllos an irgendeine Stelle. Pauls Vater musste dann sofort und in Sekundenschnelle haargenau herausfinden, wer da wen in welchem Film bezirzte. Und warum das Ganze? ›Hm, gute Frage‹, dachte Paul. Aber die Antwort lag auf der Hand. Wegen des Wettbewerbs natürlich. Oder korrekter, wegen der Reise, die dabei zu gewinnen war. Nach Venedig, für zwei Personen und eine

Woche lang. Und die wollten Pauls Vater und Pauls Mutter unbedingt gewinnen. Dafür musste Pauls Vater, ob er nun wollte oder nicht, die Liebesfilme ganz genau bestimmen können.

Deshalb saß er jetzt schon wochenlang von früh morgens bis spät nachts im Sessel, mit dunklen Rändern um die Augen und dem Schal vor dem Gesicht. Pauls Mutter stand daneben und schob die Kassetten in den Rekorder. Paul lehnte am Türpfosten dahinter, die Flaschen unter dem Arm und die Schachtel in der Hand, und schüttelte ungläubig den Kopf.

»Sissy, die junge Kaiserin. Karl-Heinz Böhm und Romy Schneider. Im Haus von Sissys Eltern«, sagte Pauls Vater.

»Falsch!«, zischte Pauls Mutter.

Und ›oh, oh‹, dachte Paul. Und dann: ›Was für ein idiotisches Spiel.‹

Er stellte die Flaschen vorsichtig auf den Wohnzimmertisch und legte die Schachtel und das Rückgeld lautlos dazu.

Enttäuscht riss Pauls Vater jetzt den Schal von den Augen, sprang auf und brüllte: »Mist!, doch ›Vom Winde verweht‹!« und »Wir haben ja noch zwei Wochen!«

Damit meinte er, dass die Fernsehsendung, in der er seine Kunst des Filmeratens unter Beweis stellen und die Reise gewinnen wollte, erst in zwei Wochen über den Bildschirm flimmerte.

»*Nur* noch zwei Wochen!«, korrigierte Pauls Mutter im zitternden Unterrock. »Also setz dich wieder hin! Und dann alles noch mal von vorn. Und konzentrier dich endlich!«

Paul schlich sich unauffällig aus der Wohnstube, den Flur entlang in sein Zimmer. Er ließ die Tür lautlos zugleiten.

Paul war der Sohn von Pauls Mutter. Logisch. Aber nicht der Sohn von Pauls Vater. Gar nicht logisch. Naja, zumindest war Pauls Vater, also der mit dem Trainingsanzug und den drei Streifen auf der Brust, nicht Pauls richtiger Vater. Sondern seit genau acht Jahren der Mann von Pauls Mutter. Und also irgendwie auch Pauls Vater. Pauls richtiger Vater war unauffindbar. Paul war's egal.

Paul war zehn Jahre alt. Er war nicht besonders hübsch, hatte abstehende Ohren und eine Brille mit Brillengläsern so dick wie Brotscheiben.

Aber Paul war's egal. Er trug die gleichen gelben Turnschuhe und denselben Trainingsanzug wie sein Vater. Seine Haare waren strohblond und standen in alle Richtungen und waren mit keinem Kamm der Welt glatt zu kriegen. Pauls Haut war schweinchenrosafarben und bei Sonne sofort knallig rot wie ziemlich peinlich. Paul war's egal.

Paul sah ohne Brille überhaupt nichts und eigentlich genauso aus wie sein Vater. Mit einem entscheidenden Unterschied. Sein Vater war dick wie ein aufgeblasener Ballon und Paul spindeldürr. Wie saft- und kraftlos. Wie nur aus Haut und Knochen. Paul war's egal.

»Paul, willst du Schweinebraten oder Salat«, fragte seine Mutter beim Essen.

»Mir doch egal!«, antwortete Paul.

»Paul, du musst was essen, sonst fällst du vom Fleisch«, sagte sein Vater und lachte sein sattes fettes Lachen.

»Mir doch egal!«, sagte Paul und aß, was er vorgesetzt bekam. Aber dadurch wurde er nicht dicker. Paul war und blieb immer gleich dünn. Wie Haut und Knochen eben. Auch das war ihm egal, so egal wie das Wetter.

»Paul, draußen regnet's!«, sagte seine Mutter morgens zu ihm und nur wenn es regnete.

Paul und kümmerte sich nicht die Bohne darum.

Paul tat alles, was sein Vater von ihm verlangte. Oder seine Mutter. Ohne zu murren. Ohne zu klagen. Weil ihm alles schnurzpiepegal war.

»Paul, bring mir mal das Nähzeug aus dem Schrank«, sagte seine Mutter, wenn sie das Nähzeug aus dem Schrank unbedingt haben wollte.

Paul ging, holte und brachte es und ihm war's egal.

Paul machte alles, was ihm aufgetragen wurde. Also trug er auch den hellblauen Trainingsanzug mit den drei weißen Streifen über der Brust wie sein Vater. Er mochte ihn eigentlich nicht besonders. Den Vater. Und den Trainingsanzug noch viel weniger. Ehrlich gestanden, konnte er ihn überhaupt nicht ausstehen. Er juckte und kratzte und sah so katastrophal bescheuert aus. Er hasste ihn sogar. Manchmal und dann immer seltener. Meistens war er ihm völlig egal.

Er war ihm so egal wie alles andere. Wie Papas Filmeraterei. Wie Mamas Wutanfälle deswegen. Wie das Wetter. Der Regen. Die Sonne. Wie Herr Kaspar unterm Dach. Wie die Zoohandlung Zorn im Erdgeschoss. Wie der dünne Hausmeister Giggenbach mit seiner dicken Frau. Wie der Apotheker Merzig ein Stockwerk höher. Wie die ätzende Nachbarin Frau Haslinger. Wie der geheimnisvolle ständig abgesperrte Keller im Haus. Wie die Krassov-Familie mit den Zwillingsbrüdern und der Krassov-Dogge. Alles war Paul egal. So egal, wie wenn in China ein Reissack explodierte.

Das Einzige, was Paul nicht egal war, war Charlotte. Die Tochter der Familie Trifonov, die ebenfalls im Haus wohnte. Für Charlotte hingegen war Paul wiederum egal. Sogar schnurzpiepegal. Und völlig. Charlotte sah Paul überhaupt nicht. Für Charlotte war Paul nicht da. Ihr Leben war paulfrei. Das war wiederum Paul ganz und gar nicht egal.

Charlotte hieß eigentlich gar nicht Charlotte sondern Natajéschi oder ...ki oder ...kaja oder so ähnlich. Aber das konnte sich Paul überhaupt nicht merken und fand es auch nur halb so schön. Also nannte er sie immer nur Charlotte. Obwohl von nennen gar keine Rede sein konnte. Paul hatte bisher nämlich noch nie ein Wort mit Charlotte geredet. Aber nicht, weil er nicht wollte. Er traute sich einfach nicht. Weil er hundertprozentig genau wusste: ›Für Charlotte bin ich so egal wie die Reissäcke von China.‹

Das war aber nicht der eigentliche und alleinige Grund. Nein, Paul befürchtete, nichts als einen lächerlich stotternden Wortbrei herauszubekommen, bei dem Charlotte nicht nur aus allen Wolken, sondern in erster Linie in brüllendes Gelächter verfallen wäre.

Paul sprach entweder langsamer, als er dachte, oder er dachte so schnell, wie er nie sprechen konnte. Das hatte zur Folge, dass das, was er sagen wollte, auf der Strecke blieb. Oder im Mund. Seine Worte wollten einfach nicht so recht aus ihm heraus. Immer wieder blieben sie ihm im Halse stecken oder kugelten und kullerten ihm ganz aufgeregt im Mund herum wie Ameisen bei Platzregen.

Wollte Paul zum Beispiel ›Sind die Erdbeeren noch frisch?‹ sagen und das natürlich auch wissen, kam in etwa »S-s-s-d-d-d-E-E-be-be-be-n-n-schschsch!« aus dem Mund und keine Antwort zurück. Stattdessen nichts als Schulterzucken, Kopfschütteln und Unverständnis.

Manchmal war Pauls Mund allerdings so verschlossen wie ein leeres schwarzes Loch, das tief in ihn hineinblicken ließ. Paul schwieg. Paul schwieg in sich hinein. Paul war ein mit Schweigen randvoll angefülltes Geheimnis.

Für manche war Pauls Schweigen allerdings bedrohlich. Zum Beispiel für die ätzende Frau Haslinger. Die sagte, wenn Paul lange und länger als erträglich schwieg: »Mensch, Paul, schweig doch nicht immer, du machst mir ja ganz Angst!«

Was Paul wiederum freute und noch mehr schweigen ließ.

Andere empfanden Pauls Schweigen geheimnisvoll. Wie der Zoohändler Zorn zum Beispiel. Der sagte immer ehrfurchtsvoll und mit leiser Stimme, so als wollte er ihn beim Schweigen nicht stören: »Paul schweigt wie meine Fische und weiß noch mehr!«

Woraufhin Paul nur nickte, schmunzelte und weiter schwieg.

Pauls Eltern machte Pauls Schweigen ziemliche Sorgen und dann ärgerlich.

Seine Mutter schrie: »Mensch, sag doch was!«, und sein Vater fügte erbost und gemein hinzu: »Oder versuch's wenigstens!«

›So nicht!‹, dachte Paul und schwieg und schwieg und immer mehr.

Die, die ihn nicht so gut kannten, nannten ihn deswegen auch den geheimnisvollen Schweiger. Aber die, die glaubten ihn besser zu kennen und nicht so gut auf ihn zu sprechen waren, nannten ihn einfach den idiotischen Stotterer und stotterten ganz gemein und hinterhältig dabei.

Paul war's egal. Zuerst nicht, dann immer mehr. Was hätte er auch machen sollen? Nicht stottern!! Klar!! Aber das war nicht so einfach und für Paul eigentlich unmöglich. Obwohl er manchmal weniger stotterte als meistens. In diesem Fall kamen dann zumindest bei der Frage mit den Erdbeeren die »E-E-Erdbeeren« doch noch aus ihm heraus und das »fri-fri-frisch« auch. Das war schon allerhand und ausreichend genug.

Es gab tatsächlich auch Gelegenheiten und Situationen, da stotterte Paul nur ein ganz klein wenig bis fast gar nicht mehr. Wenn er das Haus verließ, stotterte er dagegen gnadenlos und umso unerträglicher. Das war Paul dann immer peinlich. Und wenn ihm etwas peinlich war, stotterte er noch mehr und brachte noch weniger heraus. Und wenn er noch weniger herausbrachte, wurde es ihm noch peinlicher, sodass das Ganze schließlich zu einem peinigenden stotternden Teufelskreis wurde.

Natürlich hatte Paul schon alles ausprobiert um die Worte aus sich herauszulocken und die zähe Angelegenheit des Sprechens zu beschleunigen und in einen mühelosen plaudernden Spaß zu verwandeln. Vom rhythmischen monotonen Klopfen unter der Tischplatte, über Schleifenziehen mit den Händen und in der Luft bis zum Kieselstein im Mund hatte er schon alles ausprobiert, um den Worten während des Sprechens auf die Sprünge zu helfen. Erfolglos! Den Kieselstein hatte er verschluckt, das Klopfen nahm seine Konzentration dermaßen in Anspruch, dass er dabei ganz das Sprechen vergaß, und die Schleifen in der Luft waren so kompliziert, dass er nicht mehr wusste, was er sagen sollte. Also ließ er es dabei und stotterte munter drauf los. Oder schwieg. Selbstverständlich ging ihm sein Gestammel selbst ganz schön auf die Nerven. Aber umso mehr es ihm auf die Nerven ging, umso weniger kam aus ihm heraus.

Der Einzige, der eigentlich für Pauls Stotterei Verständnis hatte, war Wolf-Friedrich. Wolf-Friedrich war Briefträger und Pauls Freund. In seiner Gegenwart sprach Paul oft ziemlich flüssig und blieb nur hin und wieder an einem Buchstaben hängen oder einer Silbe kleben. Im Großen und Ganzen war Paul im Gespräch ziemlich stotterfrei. Komisch!

»Gar nicht komisch!«, sagte Wolf-Friedrich

daraufhin, »sondern logisch! Ja, eigentlich ist es logisch. Stottern hat nämlich gar nichts mit dem Sprechen zu tun, sondern mit dem Denken.«

»Was?!«, fragte Paul erstaunt, »mit d-dem D-Denken!«

»Klar!«, entgegnete Wolf-Friedrich. »Du denkst, das schaffst du nie. Die Worte krieg ich nie über die Lippen. Der Satz bleibt auf ewig in mir! Und schon weigert er sich wie ein bockiger Esel und will nicht heraus und stottert wie bekloppt.«

Paul sah nachdenklich auf seine Schuhe.

»Schau *mich* an!«, erklärte ihm Wolf-Friedrich. »Ich hab früher auch gestottert! Aber nur wenn ich ganz besonders aufgeregt war und wenn meine Nerven schlapperten wie meine Uniform abwärts bei Fahrtwind. Und heute noch fang ich bei Stress an im Mund herumzuholpern, als ob die Zunge flüchten wollte.«

»D-d-du auch!«, sagte Paul ganz fasziniert und nach einer Weile: »M-meinst d-d-du, ich krieg d-d-das auch noch hin?«, fragte er unschlüssig.

»Keine Ahnung?«, erwiderte Wolf-Friedrich ganz ehrlich. »Aber das ist doch auch völlig wurscht. Das Problem ist, dass es für dich ein Problem ist ... Verstehst du?«

Paul nickte und dann dachte er darüber nach

und wieder purzelten die Worte in seinem Kopf herum wie völlig durch den Wind. ›Das Stottern fängt tatsächlich im Kopf an‹, dachte Paul. Deshalb dauerte es auch immer so lange, bis er die Worte im Mund wieder geordnet hatte. Meistens zu lange, um den aufgesperrten Ohren und den erwartungsvollen Blicken der Zuhörer gerecht zu werden. Die Worte fielen ungeordnet aus ihm heraus und vor sich hin. So kam es dann öfters vor, dass Paul etwas ganz anderes sagte, als er eigentlich sagen wollte. Manchmal sogar geradezu das Gegenteil.

›Ich möchte keine weitere Portion Kartoffelpüree‹, wollte er zum Beispiel bei seinem letzten Besuch bei Tante Rosemarie sagen. Aber was blubberte da ungehalten aus ihm heraus? Na, «Pü-pü-püree, ei-ei-eine P-p-portion!«

Und schon knallte Tante Rosemarie einen randvoll gefüllten Schöpflöffel Kartoffelpüree auf Pauls Teller und ein Grinsen hinterher. Das war nicht nur ärgerlich für Paul, sondern auch beinahe ungenießbar. Rosemaries Kartoffelpüree schmeckte nämlich wie gequirlte Espandrillos und war kaum und nur mit Würgen hinunterzuschlucken.

Kein Malocher und Langeweile mit goldener Banderole

Je länger jetzt Pauls Vater ununterbrochen zu Hause war, vormittags und nachmittags und abends sowieso, umso unerträglicher wurde er. Er meckerte an allem und ganz besonders an Paul herum, furzte unentwegt vor sich hin und rülpste, wann immer es ihm passte und alle anderen störte.

Früher war das nicht so schlimm. Früher war Pauls Vater aber auch nur abends zu Hause. Tagsüber war er »malochen«, wie er immer scherzhaft sagte. Aber seit Anfang des Jahres und seit exakt sechs Monaten war Pauls Vater arbeitslos.

Er saß deshalb nunmehr von morgens bis abends im Trainingsanzug auf der Couch oder am Küchentisch, qualmte filterlose stinkende Zigaretten, trank Flaschenbier mit der goldenen Banderole und schlürfte schon kurz nach dem Aufstehen scharfes hochprozentiges Obstwasser in sich hinein. Morgens noch im Kaffee und abends dann im Wasserglas und pur.

»Dein Vater ist unausgeglichen«, sagte Wolf-Friedrich immer entschuldigend, »und frustiert.« Aber irgendwie ist das auch kein Wunder, ohne Arbeit und nur mit Langeweile den ganzen Tag.«

Deswegen kam auch Pauls Mutter auf die glorreiche Idee mit der Filmeraterei. Sie besorgte auch die Kassetten und schickte die Bewerbung zur Samstagabend-Sendung.

Es funktionierte tatsächlich. Pauls Vater trank von da an nur noch nachmittags Obstwasser, meckerte sogar weniger und war fast der Alte.

Paul fand die Filmeraterei zwar ziemlich doof,

aber wenn es dadurch seinem Vater besser ging, konnte er seinetwegen bis an sein Lebensende mit dem Schal über den Augen im Sessel sitzen.

Die treibende Kraft war Pauls Mutter. Irgendwie hatte seine Mutter einwandfrei das Sagen, die besten Ideen und zu Hause die Hosen an. Wenn sie nicht daheim war, verkaufte sie in der Metzgerei Herzinger zwei Straßen weiter Wurst und Fleisch und ernährte damit die Familie. Natürlich nicht mit der Wurst und dem Fleisch, sondern mit dem Geld, das sie dabei verdiente. Das war zwar nicht viel, aber es reichte immerhin für das Notwendigste. Aber das Notwendigste war Pauls Vater meistens zu wenig. Deshalb jammerte er auch ziemlich oft wie ein Säugling ohne Brust, woraufhin Pauls Mutter dann immer nur sagte: »Geld allein macht auch nicht glücklich!«

Paul nickte dann meistens und dachte: ›Recht hat sie. Geld ist rund und rollt, mehr nicht. Und glücklich ist, wer Träume hat und Flügel und davonfliegen kann, im Kopf und mit den Gedanken.‹

Im Kopf nur Schwärmereien und ein Hinterhof voller Leben

Paul stand jetzt an seinem Fenster und schaute hinaus. In den Hinterhof. Der lag direkt hinterm Haus, eingebettet zwischen ihrem und den Nachbarhäusern. Dort unten spielten jetzt die Krassov-Zwillinge mit ihrer Krassov-Dogge. Der dünne Hausmeister Giggenbach fuchtelte geschäftig mit Besen und Schaufel herum. Die ätzende Frau Haslinger machte sich an den Mülltonnen zu schaffen. Oblomov, die fette Katze von Charlotte, lag träge und faul in der Sonne. Die Sonne stand direkt und kerzengerade über dem Hinterhof.

Die ätzende Frau Haslinger stöhnte: »Ist das ein schöner Tag heut wieder!«

Der dünne Hausmeister Giggenbach antwortete »Jaja!« und wandte ihr verschmitzt schmunzelnd einen verträumten Blick zu. Woraufhin die dicke Frau Giggenbach wie auf Stichwort aus dem Haus preschte und »Ach was!« dazwischenkeifte, sodass dem dünnen Hausmeister Giggenbach sogleich die

Schaufel aus der Hand fiel und der ätzenden Frau Haslinger vor Schreck das Herz unter den Rock. Die Krassov-Dogge kläffte und Oblomov wälzte sich behäbig auf den Rücken. Alles schien wie immer zu sein.

Und dann kam Charlotte.

»M-m-meine Ch-Ch-Charlotte«, flüsterte Paul lautlos und fing an von ihr zu schwärmen.

Paul war ein Fernschwärmer. Je weiter er von Charlotte weg war, umso schwärmerischer wurde er. Und je näher er ihr kam, umso schüchterner war er. Ganz nahe bei ihr, auf der Treppe im Vorübergehen, brachte er kein verdammtes Wort über die Lippen. Sein Blick klebte am Boden wie angebunden. Jetzt am Fenster war genau die richtige Distanz um Charlotte die nötige schwärmerische Aufmerksamkeit entgegenzubringen.

›Dieses phantastische birnengelbe Kleid!‹, schwärmte Paul hemmungslos, ›diese grandiose zuckerweiße Bluse!‹, schwärmte Paul weiter. ›Und dann, die schwarzblau melierten schimmernden Haare!, der rosakaubonbonfarbene Mund!, das wachsweiche zitronig riechende Gesicht! Oh Charlotte!‹, schwärmte Paul in höchsten Tönen und alles in Gedanken und in sicherem Abstand und aus dem zweiten Stock und von oben außer Sichtweite.

Charlotte kümmerte sich nicht um Pauls Schwärmerei. Wie auch?! Sie wusste ja überhaupt nichts davon. Sie flirtete mit den Krassov-Brüdern, die Paul völlig egal waren. Dann kraulte sie die Krassov-Dogge, die Paul noch egaler war. Dann nahm sie den dicken Oblomov in die Arme und strich ihm liebevoll übers Fell und drückte und herzte ihn und kraulte dem Kater den verfetteten Katzennacken, sodass Oblomov zu Paul hochlinste, als wollte er sagen: »Ätschi, Bätschi! Das ist meine Charlotte!«

Das konnte und wollte Paul nicht mehr egal sein. Neid und Hass keimten in ihm auf und er dachte: ›Irgendwann gehört sie mir!‹

Daraufhin hüpfte Oblomov von Charlottes Arm und Charlotte hüpfte wie ein Springball pfeifend und springend mit tanzenden Zöpfen davon und weg von Pauls Schwärmerei.

Zurück blieben nicht nur die Krassov-Zwillinge mit ihrer Dogge, der dünne Hausmeister Giggenbach und seine dicke Frau, die ätzende Frau Haslinger und Oblomov, sondern vor allem und in Gedanken versunken Paul.

Paul fragte sich manchmal und immer wieder und ganz besonders jetzt, ob er eigentlich anders war, als all die anderen. ›Ist an mir etwas, was den anderen fehlt? Oder schlimmer: Fehlt mir etwas, was andere haben? Und wenn was?‹

Paul überlegte dann immer angestrengt, sodass sich über seinen Augenbrauen Falten warfen und die Haut sich kräuselte wie Schlangen auf der Stirn. Aber er kam nicht drauf.

Gut, er stotterte. Aber es gab auch andere, die stotterten und lispelten, wie der Hausmeister Giggenbach zum Beispiel, und zischten und eine feuchte Aussprache hatten wie die ätzende Frau Haslinger.

Ha, er hatte brotscheibendicke Brillengläser vor den Augen und Haare, die in alle Richtungen standen und nicht unterzukriegen waren. Na und? Haben andere auch!, zum Beispiel Wolf-Friedrich.

Und dennoch: Paul fühlte sich irgendwie anders und nicht richtig zugehörig zu all den anderen. Da war etwas in ihm, etwas Unsichtbares, was vielleicht nur er fühlte und spürte und kein anderer sah. Vielleicht war es aber auch nur Einbildung und gar nicht wirklich vorhanden?! Oder zumindest nur als Einbildung. Oder ist selbst die Einbildung, die man sich einbildet, eingebildet und es gibt sie gar nicht?

Aber irgendwas musste es doch sein, weshalb die Krassov-Zwillinge ihn nicht ernst nahmen und Charlotte ihn nie beachtete und er, außer Wolf-Friedrich, keine Freunde hatte und noch schlimmer, oft auch keine wollte. Aber was? Verdammt noch mal, was war das bloß?

Paris in der Hand und im Schuhkarton die Welt

Am liebsten saß Paul in seinem Ohrensessel mit seiner Schuhschachtel auf den Knien. In der pappefarbenen Schachtel war Pauls eigentliche Begierde versteckt. Seine Leidenschaft. Sein aufregender Lebensinhalt. Die Schuhschachtel hielt er vor seinem Vater, vor seiner Mutter und vor der ganzen Welt geheim. Sie lag hinter der heimlich abnehmbaren Dekorationsleiste unter seinem Schrank. In der Schachtel war sein Allerliebstes. Sein Ein und Alles. Seine Postkarten. Ja, Pauls Leidenschaft waren seine Postkarten.

Beim Postkarten gucken vergaß er alles: Papas Filmeraterei, Mamas Wutanfälle, das Wetter, den Regen, die Sonne, Herrn Kaspar unterm Dach, die Zoohandlung im Erdgeschoss, den dünnen Hausmeister Giggenbach und seine dicke Frau, die ätzende Frau Haslinger, den Apotheker Merzig, die Krassov-Familie, die Zwillingsbrüder und die Dogge, den geheimnisvoll abgesperrten Keller, Oblomov, den Reissack in China und sogar seine Stotterei und zuletzt auch noch Charlotte.

Paul war, wenn er die Postkarten in der Hand hielt, ganz bei sich und den Postkarten. Und das war Paul keineswegs und ganz und gar nicht egal. Das war wie die Charlotte-Schwärmerei, nur greifbarer, zum Herausnehmen, Umdrehen und wieder Hineinstecken. Seine Welt aus dem Schuhkarton. London, New York, Helsinki, Mailand, Barcelona, Moskau, Reykjavik, Lissabon. Alles hintereinander aufgereiht und alphabetisch geordnet.

Die Postkarten hatte Paul von Wolf-Friedrich. Denn Wolf-Friedrich war nicht nur sein Freund, sondern auch Briefträger und Pauls heimlicher Postkartenlieferant. Paul bekam nie Postkarten zugeschickt. Von wem auch? Selbst bei langer Überlegung fiel Paul niemand ein.

Aber die Familie Krassov bekam ständig Postkarten. Und Frau Haslinger auch. Selbst der Hausmeister Giggenbach hatte schon welche erhalten. Zwar nicht aus der Welt, sondern bloß aus Niederbayern oder von der Schwäbischen Alp. Aber die anderen, die bekamen Postkarten von überall her, aus der ganzen Welt. Von weit, weit weg. Und da Wolf-Friedrich Paul gern mochte und noch dazu eine seelenguter Mensch war, der von Pauls Leidenschaft nur zu genau wusste, zog er den Krassovs und den anderen hin und wieder eine, zwei und mehrere Postkarten ab und steckte sie heimlich Paul zu.

Paul freute sich, steckte sie in den Schuhkarton und zog sie bei Gelegenheit wieder hervor. Wie jetzt. Paris! Und dann malte er sich aus, wie es wäre wenn: Paris! Eine Stadt in der Paul noch nie war. In der er sich aber fast so gut auskannte wie zu Hause.

Paul hielt die Postkarte vor seine Augen. Wie schon oft und tausend Mal davor. Zunächst mit ausgestrecktem Arm in armlangem Abstand. Dann schob er sie ganz langsam und immer dichter zu sich und seinem Gesicht entgegen. Paris bewegte sich im Schneckentempo auf ihn zu, bis ganz dicht vor seine Brillengläser. Bis alles zu einem farbigen Brei verschwamm. Bis sich die Stadt auf der Postkarte in eine bunt bemalte gesprenkelte Farbpalette auflöste und als Paris in Pauls Kopf neu entstand. Pauls Augen fielen zu und er hinein in das neue Bild. In Gedanken tauchte er ein und in ihm eine neue Welt auf. Paris!

Er war in Paris! Er stand mit beiden Beinen auf

einer Pariser Straße. Und die hieß ›Rue de Gaulle‹. Paul spazierte die Straße entlang. Er bog dann in die ›Rue d'Avignon‹ ab und schlenderte an der Notre-Dame vorbei, der Kirche mit den zwei abgesägten Spitzen. Dann lief er zur Seine hinunter, dem Fluss mitten in Paris.

Menschen kamen ihm entgegen, lachend und redend in einer Sprache, die er nicht verstand und die ihm doch so vertraut schien. Es war französisch! Eindeutig!

Seine Ohren standen auf Vollmast und saugten sich voll mit dem fremdländischen Klang. Worte drangen in ihn ein und füllten seinen Kopf aus. Sie brachten die Ohren zum Schwingen. »Oui, non, merci, Baguette, mon cheri, trottoir, vis-à-vis.« Paul hatte eine tanzende Melodie im Kopf.

Dann versetzten köstliche Gerüche Pauls Nase in Verzückung. Er schnupperte ihnen hinterher und vergaß dabei alles andere. Paul lief seiner Nase hinterher und an der Seine entlang zum Triumphbogen. Von da geradeaus und ohne anzuhalten zum Eifelturm.

Da wurde seine Nase endlich fündig. Dieser Duft! Das war nichts anderes als ein Crêpe-Stand! Voilà! Diese Pfannkuchenfladen gefüllt mit Himbeermarmelade und Schokoladencreme rochen infernalisch gut. Paul nahm eine nicht enden wollende Nase voll.

Dann kletterte er die 1657 Stufen hoch und hinauf auf die Spitze des Eifelturms (den höchsten Turm in ganz Paris). Außer Atem und keuchend wie ein lungenkranker Bullterrier kam er oben an. Die Stadt sah von da oben mit dem weitschweifenden Blick wie hingemalt aus. Die Straßen erinnerten an ausgebreitete schwarze Schnüre, die ein akkurat ausgelegtes Netz ergaben. Die Häuser standen dazwischen wie Bauklötze. Die Parks und Bäume sahen aus wie eingezäunte grüne Farbtupfer. Und die Menschen schimmerten wie aufgeregt wuselnde Stecknadelköpfe herum. Alles zusammen war winzig klein und sah aus wie in einer Spielzeugminiaturansicht, wie ... wie ... wie ... auf einer Postkarte!

Paul öffnete die Augen und erkannte die Karte in der Hand vor seinem Gesicht. Und dann denselben Blick. ›Paris!‹, dachte Paul, ›du wunderschönes, du gigantisches Paris!‹ Dabei schnalzte er genüsslich mit der Zunge, pfiff anerkennnend durch die Zähne und schwärmte wie allerhöchstens für Charlotte.

Im Wohnzimmer dagegen pfiff und zischte noch immer Pauls Mutter wie ein fauchendes Monster und sein Vater saß nach wie vor mit dem Schal um den Kopf vor der Glotze. Paul schlich sich auf Zehenspitzen an ihnen vorbei aus der Wohnung und auf den Flur ins Treppenhaus.

»Puh! G-g-geschafft!«, stöhnte Paul und lehnte sich erleichtert ans Treppengeländer. Und dann hörte er ... Musik! Von oben. Von direkt über ihm.

Ein ganzes Konzert rauschte die Treppen herunter, an sein Ohr und auf direktem Wege in seinen Kopf hinein. Violinen verfolgt von Bratschen. Dahinter Pauken und Trompeten, dicht gejagt von hüpfenden Celli. Zuletzt ein phlegmatisch brummender Kontrabass.

Klassische Musik drang aus der Wohnung direkt über Paul und erfüllte das Treppenhaus mit seinen schwingenden Tönen. ›Herr Kaspar!‹, schoss es Paul durch den Kopf. Dabei verzog er die Mundwinkel bis zu den Ohren und runzelte nachdenklich die Stirn.

»Herr K-K-Kaspar hört M-M-Musik!«

Wieder mal. Herr Kaspar hörte immer Musik. Andauernd dieselbe und das den ganzen Tag. Herr Kaspar war ein komischer Kauz. Ein Eigenbrötler. Ein Stubenhocker. Ein Einzelgänger. Ein Sonderling. Er lebte ganz allein und zurückgezogen im obersten Stockwerk, direkt unterm Dach. Wie ein versteckter Geheimagent oder ein getarnter Superspion. Ganz im Verborgenen. Niemand bekam ihn zu Gesicht. Außer Wolf-Friedrich. Und der nur dann, wenn er Post für ihn hatte. Dann sah er ihn. Wolf-Friedrich

Auge in Auge mit Herrn Kaspar. Aber nur ausschnittweise und höchstens einen winzigen Spalt breit bei angelehnter Tür.

Von Wolf-Friedrich wusste Paul, dass Herr Kaspar einen kahl rasierten Kopf hatte, einen stoppeligen grauen Bart, blutunterlaufene rot geränderte Augen und Hände so groß wie Topfdeckel. Außerdem trug er immer einen blau-gelb gestreiften zu langen Bademantel, der ihm bis über die Knie hing und weiße zerlöcherte Lederpantoffeln, die ihm viel zu klein waren. Ansonsten wusste auch Wolf-Friedrich nichts über ihn.

Der Hausmeister Giggenbach sagte einmal hinter vorgehaltener Hand: »Herr Kaspar ist Erfinder!«, woraufhin Frau Giggenbach nur kopfschüttelnd lachte, als wollte sie es nicht glauben.

Die ätzende Frau Haslinger dagegen lästerte ganz hinterhältig und offen über ihn. Sie sagte: «Der führt nichts Gutes im Schilde!«, und spekulierte gerne und am liebsten mit dem Allerschlimmsten.

»Ach was!«, widersprach ihr bei Gelegenheit Herr Krassov, der weit gereist und deshalb selten da war (ein Mann von Welt sozusagen) und der's einwandfrei wissen musste: »Der Herr Kaspar ist harmlos und Schriftsteller. Ja, der schreibt Bücher!«

»Bücher?!«, keifte die ätzende Frau Haslinger entsetzt, so als ob es todbringende Giftschlangen oder blutsaugende Killermonster wären. »Dass ich nicht lache! Nur, was für welche?!«

Paul war's egal.

Paul hatte Herrn Kaspar noch nie gesehen. Entweder arbeitete er nachts oder tagsüber zu Hause oder eben gar nicht. Zumindest verließ er von morgens bis abends die Wohnung nicht. Oder erst dann, wenn alle anderen schliefen und auf jeden Fall Paul.

Paul schlenderte langsam und gleichgültig die Treppe hinunter.

Auf dem letzten Treppenabsatz kam ihm schwitzend der dünne Hausmeister Giggenbach mit seiner Schaffnermütze auf dem Kopf entgegen. Der Hausmeister Giggenbach trug die Mütze nach Auskunft seiner Frau sogar »Tag und Nacht!« Die Mütze war sein ganzer Stolz und rührte noch von vergangenen besseren Tagen her. Damals war Herr Giggenbach Eisenbahnschaffner. Aber irgendwann einmal hatte er, weiß der Teufel warum, ein rotes Haltesignal übersehen. Und von da an war's dann vorbei mit der Schaffnerei. Das Einzige, was Herrn Giggenbach blieb, war die Erinnerung und seine Mütze.

»Tag, Paul!«, quetschte er angestrengt schnaufend hervor.

»T-T-Tag«, anwortete Paul gleichgültig.

Direkt hinter ihm kam die dicke Frau Giggenbach.

»Tag Paul!«, quetschte sie noch mehr außer Atem und mit Schweißperlen auf der Stirn aus sich heraus.

T-T-Tag«, antwortete Paul noch gleichgültiger als zuvor und schob an der dicken Frau Giggenbach vorbei.

Als Paul gerade das Haus zum Hinterhof hin verlassen wollte, trat die ätzende Frau Haslinger zwischen die Tür und ihm in den Weg.

»Na, wie geht's?«, fragte sie neugierig wie immer und mit einer Stimme wie bei Hänsel und Gretel.

»G-g-geht schon!«, antwortete Paul gleichgültig.
»Und dem Vater?«, hakte die ätzende Frau Haslinger noch neugieriger nach. »Schafft er's?«, und meinte damit die Filmeraterei.

Sie war überhaupt *das* Thema im Haus. Schafft er's oder schafft er's nicht? Das war die Frage, die alle beschäftigte. Alle beteiligten sich wortgewandt an dieser Spekulation und zitterten mit. Außer vielleicht Herr Kaspar.
Der beteiligte sich an gar nichts.

»Sch-sch-schafft's schon!«, antwortete Paul und drückte sich an der ätzenden Frau Haslinger und ihrem Mülleimer vorbei. Aus dem stank es wie nach Katzenpisse. Obwohl Frau Haslinger Katzen so wenig ausstehen konnte wie die Katzen sie. Jeder wusste, Frau Haslinger war eine überzeugte Katzenhasserin. Der Grund war ihre Katzenallergie. Kam sie einer Katze zu nahe, dann wurde die ätzende Frau Haslinger augenblicklich rot wie ein Krebs und überall schossen ihr eitrige stinkende Pusteln wie

Pilze aus der Haut. Deshalb ging sie auch Oblomov aus dem Weg wie der Teufel dem Weihwasser und zuckte bei jedem harmlosen »Miau« zusammen wie mit einem Bein im Toaster.

Jetzt war Paul endlich im Hof. Die Sonne stand noch immer direkt und kerzengerade über ihm.

Oblomov lag unverändert faul und fett auf dem heißen Asphalt. Die Krassov-Zwillinge spielten noch immer mit der Krassov-Dogge. Sie warfen ein abgekautes Stück Holz in die Luft und der Sonne entgegen, woraufhin die Dogge sogleich mit offenem Doggenmaul hinterhersprang.
Als sie Paul allerdings aus ihren Doggenaugen heraus sah, ließ sie augenblicklich das Stöckchen Stöckchen sein und fallen und rannte im Laufschritt geradewegs auf ihn zu.

Sobald die Dogge Paul erreicht hatte, sprang sie in einem Satz wie ein gedopter Weitspringer an ihm hoch und legte ihre Vorderpfoten auf seinen Schultern ab. Die Krassov-Dogge leckte daraufhin mit ihrer nassen, schlabbrigen, waschlappengroßen Zunge über Pauls Gesicht und seine brotscheibendicken Brillengläser. Vor seinen Augen wurde jetzt alles wässrig verlaufen und wie unter Wasser abgetaucht. Seine Nase roch dazu den spezifischen Krassov-Doggen-Mundgeruch. Seine Ohren vernahmen nicht minder deutlich das miese typische Krassov-Zwillingsgelächter. Und dann ein Schrei.

Der Schrei kam direkt vom Balkon. Aus dem zweiten Stock.

»Eeeeeeerwin!«, keifte es in den Hinterhof und perlte auf den Asphalt. »Aussssss!«

Woraufhin die Krassov-Dogge ihre schlabbrige, mittlerweile trockene Zunge wieder einpackte, die Vorderpfoten widerwillig von Pauls Schultern nahm, ihm noch einen verträumten Blick zuwarf und davontrottete. Die Stimme gehörte zur Krassov-Mutter und Erwin hieß die Krassov-Dogge, deren unangefochtene Lieblingsbeschäftigung es war, Pauls Brillengläser sauber zu schlecken.

»Hallo Paul!«, sagten die Zwillinge gleichzeitig und kicherten schadenfroh dabei.

»Hallo!«, antwortete Paul und wischte sich mit seiner Trainingsjacke die Gläser wieder trocken.

»Na, wie geht's?«, fragten die Zwillinge und »Schafft er's?«

»Sch-sch-schafft's schon!«, anwortete Paul und meinte damit die Filmeraterei.

Die Krassov-Zwillinge waren nicht nur haargenau gleich alt und genau drei Jahre älter als Paul, sondern sahen auch noch gleich aus. Außerdem redeten sie immer genau das Gleiche und gleichzeitig und waren, davon war Paul überzeugt, auch absolut gleich doof. Der eine hieß Werner und der andere Walter. Aber niemand konnte mit Sicherheit sagen, wer nun wer war. Das war auch nicht so wichtig. Es genügte einen der beiden Namen zu rufen und schon kamen beide angetrottet. Für Paul waren alle beide gleich unangenehm, gleich ätzend, gleich mies, gleich fies, gleich egal.

Die Krassov-Dogge jagte erneut dem Stöckchen hinterher und die Krassov-Mutter verschwand wieder hinter dem Geländer auf dem Balkon in ihrem Sonnenstuhl. Und mit ihr leider auch der spitzenmustrige blumige Büstenhalter und das knappe blumigmustrige Höschen, das Paul immer an Charlotte erinnerte und an dem er sich nicht satt sehen konnte.

Die Krassov-Mutter lag fast den ganzen Tag, zumindest solange die Sonne schien, auf ihrem Balkon halb nackt im Liegestuhl und löste Kreuzworträtsel. Während ihr Mann und Vater der Krassov-Zwillinge als Handelsvertreter für italienische Espressomaschinen in der halben Welt herumkurvte und meistens, wenn überhaupt, nur am Wochenende zu Hause war.

Die Krassov-Mutter war logischerweise immer braun gebrannt wie die Kaffeebohnen für die Maschinen ihres Mannes und außerdem so hübsch, dass sich alles nach ihr um und sie so manchem den Kopf verdrehte. Die Männer pfiffen ihr verschämt hinterher und die Frauen schüttelten deswegen neidisch den Kopf.

Dem Hausmeister Giggenbach verrutschte dabei regelmäßig die Schaffnermütze und seine Frau war das erste und einzige Mal mit der ätzenden Frau Haslinger derselben Meinung. Unverschämt wäre das, so wie die Krassov herumlaufe, vor allem wegen der Kinder.

Paul aber störte Frau Krassov überhaupt nicht. Ihr Anblick noch weniger. ›Ganz im Gegenteil‹, dachte er, ›wenn so wenig Stoff so viel Aufsehen macht, kann das so falsch nicht sein.‹ Außerdem war Paul der Auffassung, was schön ist, soll schön bleiben, und wem's nicht gefällt, der soll eben die Augen schließen.

Ein Freund, ein bester Freund und ein Schiff nach irgendwohin

Und dann kam Wolf-Friedrich. Endlich! Auf ihn hatte Paul schon den ganzen Morgen gewartet – wie jeden Tag in den Ferien. Wolf-Friedrich sah aus wie immer. Er trug seine blau gestreifte Briefträgeruniform und die zu kleine ständig hin und her rutschende Schildmütze. Er bockte sein postgelbes Fahrrad mit einem gekonnten Ruck auf den Ständer, nahm eine Hand voll Briefe aus seiner Posttasche und trat mit entschlossenen Briefträgerschritten auf Paul zu.

»Na wie geht's«, sagte Wolf-Friedrich vergnügt grinsend.

»Jetzt gut!«, antwortete Paul lächelnd.

»Und dem Vater? Schafft er's?«

»Nee!«, antwortete Paul, »nie!«, und lächelte noch vergnügter dabei.

»Versager!«, wollte Wolf-Friedrich daraufhin Paul noch beschwingter zurufen. Aber er kam nicht mehr so weit, weil ihm vor Schreck das Wort im Halse stecken blieb. Der Grund war natürlich die Krassov-Dogge. Sie kam im Laufschritt und mit hängender Zunge auf Wolf-Friedrich zu gerannt. Die Krassov-Zwillinge setzten bereits wieder zu ihrem miesen Gelächter an und die Dogge zum gedopten Sprung.

Wolf-Friedrich reckte intuitiv die Hände wie zum Schutz in die Höhe, als die Krassov-Mutter-Stimme wie Donner vom Balkon sauste.

»Eeeeeerwin!« und »Ausssss!«, sodass die Krassov-Dogge in die Doggenbremse trat, dass die Vorderläufe qualmten, im Sprung wendete und speicheltropfend und enttäuscht zurücktrottete.

»Puh! Glück gehabt!«, atmete Wolf-Friedrich erleichtert auf und Paul bestätigte mit einem leidgeprüften doggengeschädigten »Ko-ko-korrekt!« und sah das Höschen und ihren Halter hinter der Balkonbalustrade wieder verschwinden.

Wolf-Friedrich war Briefträger mit Leib und Seele und immer gut gelaunt. Er trug wie Paul eine brotscheibendicke Brille und war ebenfalls dünn wie Haut und Knochen. Dafür aber war er umso länger. Wolf-Friedrich war der größte Briefträger weit und breit. Pauls Vater sagte »Bohnenstange« zu ihm, worauf Wolf-Friedrich »Fettsack« entgegnete.

Was Pauls Vater dann meistens gar nicht witzig fand. Paul umso mehr.

Paul traf sich mit Wolf-Friedrich meistens dann, wenn er mit der Arbeit fertig war. Stundenlang saßen sie dann auf einer Bank am Hafen und sahen den Schiffen zu, wie sie aus- und einliefen. Sie spekulierten dann, wo welches hinfuhr und warum und wie lange.

Und beide träumten von der großen weiten Welt. Von Amerika, England, Frankreich oder Portugal. Allein oder zu zweit und nicht nur für eine Woche, sondern vielleicht für immer oder zumindest für ziemlich lang. Wolf-Friedrich war auch ein Fern-

schwärmer. Genauso wie Paul war er noch nie in seinem Leben weg aus der Stadt. Und beide schwärmten um die Wette und den ganzen Tag. Sie schwärmten so stark, dass ihnen nichts anderes mehr übrig blieb, als zu glauben, sie wären tatsächlich weit weg. In Amerika, England, Frankreich oder Portugal. Und Wolf-Friedrich fing plötzlich an Englisch zu sprechen oder Französisch oder Portugiesisch und Paul verstand nur Bahnhof dabei.

»Siehst du!«, sagte dann Wolf-Friedrich immer, »genauso wie wenn du in Amerika, in Frankreich oder Portugal wärst.«

Paul antwortete dann immer mit »oui« oder »yes« oder »sin«. Was soviel hieß wie ›ja‹ und das Einzige war, was er konnte.

Wolf-Friedrich dagegen war ein Sprachgenie. Sein Hobby war es, die verschiedensten Sprachen der Welt zu lernen. Je ausgefallener, umso lieber. Chinesisch zum Beispiel. Wolf-Friedrich lernte, so oft er konnte, – alles für die Reise irgendwann in die große weite Welt.

Wenn der Zorn nicht wütend ist und Fische träumen

Neben Wolf-Friedrich gab es für Paul noch einen Menschen, mit dem er sich sehr gut verstand. Es war der Zoohändler Zorn. Fritz Zorn im kleinen Zoogeschäft im Erdgeschoss. Er trug immer einen weißen Kittel mit einem Sticker auf der Brusttasche auf dem ›Zorn‹ stand. Wie ein Arzt, nur ohne Doktor. Irgendwann hatte Paul heimlich mit schwarzem Filzstift ›Dr.‹ davor geschrieben, sodass von da an auf dem Sticker ›Dr. Zorn‹ stand. Herr Zorn hatte zuerst nur gelächelt und dann zum Spaß das Gesicht verzogen wie ein brüllendes Monster.

In der Zoohandlung gab es vor allem Fische. Herr Zorn hatte sich auf Fische spezialisiert. Die Wände waren bis unter die Decke zugestellt mit Aquarien, in denen die unterschiedlichsten Fische schwammen. Große, kleine, dicke, dünne, bunte und farblose. Es gab kaum einen Fisch fürs Aquarium, den Herr Zorn nicht hatte. Daneben gab es noch ein paar stinkende Meerschweinchen, Hamster, Mäuse und weiße

Ratten. Für die interessierte sich Paul allerdings überhaupt nicht. Die waren ihm egal. Aber nicht die Fische. Die Fische hatten es ihm angetan. Neben den Postkarten gehörte seine zweite Leidenschaft den Fischen. Fische waren Pauls liebste Tiere. Ihnen konnte er unbegrenzt lange zuschauen und sie in ihren Aquarien fasziniert beobachten.

»Fische reden mit den Augen!«, sagte Herr Zorn immer und Paul wusste, dass das einwandfrei stimmte und dennoch nicht ganz korrekt war.

»Fische re-re-reden nicht nur mit den A-A-Augen, sie träumen a-a-auch damit!«, sagte er.

Und das war viel mehr als nur reden. Und wenn man sie aufmerksam beobachtete und ihnen wie Paul stundenlang bei ihrem gleichmäßigen Gleiten zwischen den Aquariumscheiben zuschaute, konnte man an ihrer Träumerei teilhaben. Dann wurde plötzlich der Traum der Fische zum eigenen.

Geduldig und ruhig schwimmen sie hin und her und vor sich hin und träumen sich zurück in die Weltmeere. Vor ihren Augen wird das kleine Aquariumbecken immer größer, es weitet sich (wie der Blick in ein umgekehrtes Fernglas), überschwemmt die Zoohandlung, das Haus, die Straße und die ganze Stadt und wird zum Meer. Paul zum Taucher und das beschränkte Eingesperrtsein zur grenzenlosen Freiheit, die Wirklichkeit zum Traum und der gefangene Fisch in den eigenen Augen frei.

Fische beobachten ist wie Postkarten schauen. Es ist wie den Horizont erweitern, wie in der Phantasie leben und zumindest für Paul wunderschön.

Herr Zorn hatte großes Verständnis für Paul. Er ließ ihn so lange, wie er wollte, vor den Aquarien sitzen und ›mit den Fischen träumen‹. Und abends, wenn er den Laden schloss, tippte er Paul lächelnd auf die Schulter und Paul sagte: »Ist's schon so weit!«, und ohne das Nicken von Herrn Zorn abzuwarten, hauchte Paul »Danke!« und verließ die Zoohandlung.

Manchmal kam Paul täglich mehrmals. Manchmal nur für ganz kurz, für wenige Blicke. Dann wieder für Stunden und so lange es eben ging. Manchmal brachte er auch Wolf-Friedrich mit, der aber nie die Geduld und Ruhe aufbrachte länger als ein paar Minuten den Fischen zuzuschauen, sodass sich Paul meistens darauf beschränkte Wolf-Friedrich einige Arten zu erklären und ihre Eigenheiten und besonderen Gewohnheiten zu verraten.

Paul kannte sich nämlich ganz gut mit Fischen aus. Er wusste nicht nur über die allgemeinen und nachlesbaren Fress- und Balzgewohnheiten Bescheid, sondern auch, wenn ein Fisch schlecht oder gut gelaunt war, wenn er sich ziemlich müde fühlte oder wenn er gerade schlief (mit offenen Augen!). »Mein Fischexperte!«, sagte Wolf-Friedrich oft anerkennend und nickte dabei bewundernd mit dem Kopf.

Manchmal half Paul Herrn Zorn auch in der Zoohandlung. Dann aber nur bei der Pflege und der Arbeit mit den Fischen. Wasser wechseln, füttern, Aquarium putzen. Hin und wieder durfte er auch im Verkauf mithelfen und Kunden beraten. Das hatte dann zur Folge, dass der Kunde ganz andere Fische kaufte, als er vorhatte, und meistens die, auf die Paul am ehesten verzichten konnte.

Herr Zorn merkte das natürlich, aber er verstand Paul.

Als eines Tages ein Kunde tatsächlich Pauls allerliebsten Lieblingsfisch Wanda unbedingt kaufen wollte, mischte sich Paul wagemutig ins Verkaufsgespräch ein und er sagte ganz dreist: »Der ist sch-sch-schon verkauft!«, woraufhin Herr Zorn überrascht schaute und verwundert »Was?« hervorstieß.

»Ja!«,entgegnete Paul, »er ge-ge-gehört mir. B-b-bezahlen tu ich ihn m-m-morgen!«

Bezahlt hat ihn dann Wolf-Friedrich und er hat ihn selbstverständlich Paul geschenkt, sodass der Fisch tatsächlich nun ihm gehörte und von da an bis zu seinem Lebensende im Aquarium der Zoohandlung Zorn herumschwimmen und träumen durfte.

Es gab nichts, was Paul mehr beneidete als die

Fische. Die Fische bewunderte er. Fische haben eine grandiose Eigenschaft. Fische brauchen keine Worte! Die Fische schauen sich an und alles ist klar.

Paul verstand sie auch, seine Fische. Und am besten seinen Lieblingsfisch Wanda.

Wanda war eigentlich eine Quasselstrippe. Unentwegt, aber lautlos gab sie Zeichen. Manchmal, wenn sie besonders gut gelaunt war und auch ein wenig Blödsinn in ihrem Kopf mitherumschwamm, paddelte sie auf dem Rücken und blies Luftblasen in Herzchenform ins Wasser. Für Paul natürlich. Paul tippte sich dann an die Stirn und lachte dabei.

Manchmal wünschte sich Paul nichts sehnlicher, als selbst ein Fisch zu sein. Ein Fisch, viel größer als Wanda, mit kräftigen Flossen, einem riesigen Maul, verträumten Augen und einer brotscheibendicken Brille davor. Paul der Fisch schwamm aber nicht in einem der engen Aquarien des Zoohändlers Zorn, sondern im riesigen Ozean. Und an seiner Seite schwamm ... Charlotte! Oder besser ein Fisch mit den Gesichtszügen von Charlotte. Davon träumte Paul und schwärmte so alle Sehnsucht aus sich heraus.

Mit dem Winde verweht und ab nach Venedig

Am 19. Juli war es dann so weit. Paul saß neben seiner Mutter vor der Glotze, in der Pauls Vater im schwarzen Anzug, weißem Hemd und bunter Fliege, mit einem schwarzen Schal über den Augen, hockte. Neben ihm stand ein akkurat gekleideter Moderator mit aufwendiger Fönfrisur und schob die Kassetten in den Rekorder. Dabei zitterte Mamas Unterrock wie unter Strom.

Pauls Vater war tatsächlich im Fernsehstudio. Seine Filmeraterei wurde jetzt in alle Wohnzimmer dieser Welt übertragen. Naja, in fast alle. Paul wusste, jetzt sitzen alle vor dem Apparat. Der dünne Hausmeister Giggenbach mit seiner dicken Frau. Die Familie Krassov mit den Zwillingen und der Dogge Erwin. Die ätzende Frau Haslinger und der Apotheker Merzig. Der Zoohändler Zorn, Wolf-Friedrich und die Trifonov-Familie und ja, sogar seine heiß verehrte Charlotte. (Vielleicht saß sogar auch Herr Kaspar ausnahmsweise vor dem Bildschirm.)

Zumindest alle, die er kannte und die Pauls Vater kannten. Und darüber hinaus noch einige Millionen Menschen, die Paul nicht kannte und Pauls Vater auch nicht. (Zumindest gestern noch nicht.)

Pauls Vater saß verkrampft mit verbundenen Augen, schwitzend wie im Backofen, auf einem Sessel im Studio. Pauls Mutter flüsterte beschwörend, als ob er sie hören könnte, »Konzentrier dich!« vor sich hin. Sie drückte dabei ihre beiden Daumen so fest, dass sie ganz weiß schimmerten.

Paul saß daneben und schaute wie immer gleichgültig und mit dem Interesse einer afrikanischen Meeresschildkröte auf den Bildschirm und dachte: ›Schafft der doch nie!‹

Der Moderator schob die Kassette in den Rekorder und Pauls Vater sagte:

»Vom Winde verweht! Rhett Butler und Scarlett O'Hara. Im Schlafzimmer in Atlanta!«

»Jaaaaaaa!«, jubelte Pauls Mutter und sprang vom Sessel hoch wie ein Hochspringer.

›Richtig!‹, dachte Paul und ›Hätt ich nicht gedacht.‹

»Casablanca. Humphrey Bogart und Ingrid Bergmann. In Ricks Café!«, zog Pauls Vater mit zitternder Stimme nach.

»Jaaaaaaa!«, jubelte Pauls Mutter und sprang auf wie ein Hochspringer auf Weltrekordflug.

›Wieder richtig!‹, dachte Paul und ›So wird das ja noch was!‹

Und seine Mutter dachte haargenau dasselbe. Am Ende war es allen ebenfalls hundertprozentig

klar; Pauls Vater hatte den Wettbewerb gewonnen und mit ihm die Reise nach Venedig für zwei Personen und eine Woche lang.

»Herzlichen Glückwunsch!«, sagte der Moderator.

»Danke!«, sagte Pauls Mutter ganz gerührt.

Sie war überglücklich und froh. Und froh waren auch die Familie Krassov mit den Zwillingen und der Dogge, der dünne Hausmeister Giggenbach und seine dicke Frau, die Familie Trifonov und bestimmt auch Charlotte, der Apotheker Merzig, der Zoohändler Zorn und Wolf-Friedrich sowieso. (Vielleicht sogar auch Herr Kaspar, was allerdings sehr unwahrscheinlich war.) Und alle, die Paul kannte und die Pauls Vater kannten. Und die anderen Millionen Zuschauer, die er nicht kannte, aber die jetzt auch seinen Vater.

Nur die ätzende Frau Haslinger war sicher nicht froh, sondern bestimmt neidisch auf Pauls Vater, vor allem auf Venedig und die Woche zu zweit.

Paul war's egal. Er freute sich jetzt schon auf die Woche allein zu Hause. Ganz besonders aber auf die Postkarte von seinen Eltern. Aus Venedig.

Auch Koffer haben einmal die Schnauze voll

Zwei Tage später wurden die Koffer gepackt. Zuerst wurde alles eingepackt – und mehr als das. Bis die beiden Lederkoffer aufgebläht und viel zu dick waren. Sie sahen aus wie gefräßige überquellende Mäuler. Außerdem wollten sie trotz Treten und Drücken, trotz Stemmen und Quetschen, trotz Bitten und Betteln nicht zugehen. Auch nicht als Pauls Vater mit seinem ganzen Gewicht auf ihnen saß und Pauls Mutter dabei versuchte, die Klappschnallen zuzudrücken. Die Koffer stöhnten und ächzten, quietschten und knarrten und gingen trotzdem und bestimmt aus Trotz nicht zu. Sie waren einfach zu voll. Also wurden sie wieder ausgepackt. Dann wieder eingepackt, wobei Pauls Mutter bei jedem Teil, das sein Vater aussortierte, hysterisch wie ein zu kurz gekommener Säugling kreischte:

»Das brauche ich!«

»Geht nicht!«, antwortete daraufhin Pauls Vater lakonisch und drückte und quetschte. Doch die

Koffer gingen immer noch nicht zu. Also wurde wieder alles ausgepackt und noch mehr aussortiert. Pauls Mutter drohte angesichts ihrer Mokassinschuhe mit dem bunten Pelzbesatz lauthals: »Entweder die kommen mit oder ich bleib zu Haus.«

Das verstand Pauls Vater nun als eindeutige Erpressung. Außer sich vor Wut brüllte er los und er verließ mit paprikarotem Kopf und türenknallend das Wohnzimmer.

Jetzt begann Pauls Mutter wie ein Schlosshund zu heulen und zu schluchzen, als ob Pauls Vater den Wettbewerb nicht gewonnen, sondern eindeutig verloren hätte.

Also nahm sich gezwungenermaßen Paul der Sache an …

Während sein Vater in der Küche wie bekloppt auf die Chantré-Flasche einredete und sie dabei Schluck für Schluck leer soff und seine Mutter im Schlafzimmer flennte, knöpfte sich Paul die Koffer vor. Er ließ heimlich drei Unterhosen von seinem Vater, seinen Rasierapparat, sowie zwei Paar Schuhe, einen Radiowecker, eine Tüte mit Lockenwicklern und drei Paar Socken unter dem Wohnzimmerkanapee verschwinden. Er drückte die Koffer zu, ließ die Schnallen einrasten und rief froh gelaunt, und dass alle ihn hören konnten:

»G-g-geht doch! Die K-K-Koffer sind zu!«

Sofort verstummte das Chantré-Gequatsche aus der Küche und die Flennerei im Schlafzimmer. Seine Mutter kam schniefend und sein Vater torkelnd mit der leeren Flasche unterm Arm angelaufen. Pauls Mutter fragte mit schwarz verschmierten Augen, wie kaum zu glauben, indem sie gebannt die Koffer fixierte:

»Und meine Mokassins?«

»Sind d-d-drin!«, sagte Paul.

»Und mein Radiowecker?«, fragte Pauls Vater und starrte auf die Koffer wie auf eine Fata Morgana.

»Ist d-d-drin!«

»Meine Lockenwickler?«, fragte Pauls Mutter.

»D-d-drin!«

»Mein Rasierapparat?«, fragte Pauls Vater.

»D-d-drin!«

Und als Paul alles bestätigt und Pauls Vater und Pauls Mutter auch nichts vergessen hatten, fielen sie sich glücklich und zufrieden um den Hals und sagten noch glücklicher und ziemlich froh:

»Jetzt kann's losgehen!«

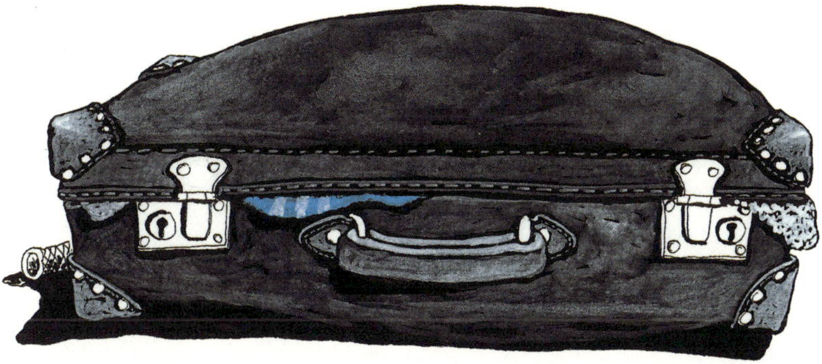

Von meckernden Katzen und miauenden Ziegen

Mit grauem Anzug, Fliege und schwarz polierten Schuhen stand Pauls Vater im Türrahmen. Daneben stand Pauls Mutter in einer nach Kirschmarmelade riechenden Duftwolke und in ihrem engen rostroten Kostüm. Außerdem trug sie die hohen gefährlichen Schuhe, mit denen ihr Gang zum halsbrecherischen Eiertanz wurde. Seine Eltern hatten jeder einen Koffer in der Hand und beste Laune im Gesicht.

Zuerst verabschiedete sich Herr Merzig überschwänglich von ihnen. Dann die Krassov-Mutter mit den Zwillingen und der Krassov-Dogge, die an Pauls Mutter herumschnüffelte, als ob es was zu schlecken gäbe. Danach waren der dünne Hausmeister Giggenbach und seine dicke Frau an der Reihe. Zuletzt die Trifonov-Familie und Charlotte, der Zoohändler Zorn und die ätzende Frau Haslinger, die Paul ungefähr so gut leiden konnte wie die Krassov-Dogge. ›Einmal allein‹, hatte er gedacht, als er seinen Vater siegen sah. ›Allein! Das erste Mal in seinem Leben.‹ Hatte er gedacht. Und jetzt hing ihm dieser unausstehliche Drachen im Nacken.

Paul war einwandfrei klar: Die ätzende Frau Haslinger musste er sich vom Leibe halten und zwar schnellstens, noch bevor sie sich in seiner Nähe einnisten konnte.

Nachdem seine Eltern nach unzähligen Umarmungen verschwunden waren und mit ihnen auch Herr Merzig, der dünne Hausmeister Giggenbach und seine dicke Frau, die Krassov-Mutter mit ihren Zwillingen und der Dogge, die Trifonov-Familie ohne Charlotte, der Zoohändler Zorn und zuletzt auch die ätzende Frau Haslinger, wollte Paul damit beginnen, alles das zu tun, woran er zuvor immer gehindert wurde.

Und das war so allerhand. Zum Beispiel die Beine auf den Tisch legen, wann und wie es ihm passte. Rülpsen und furzen, wo und wann er konnte. Außerdem sollte ihn ab jetzt niemand dazu nötigen, morgens aufzustehen, wenn er lieber noch im Bett genüsslich vor sich hindämmern wollte. Und keiner sollte ihn dazu veranlassen, abends ins Bett

zu gehen, wenn er noch aufzubleiben gedachte. Die Filme in der Glotze, die unter Androhung von Hausarrest und Taschengeldentzug immer verboten waren, sollten jetzt zur Pflicht werden. Keiner sollte Paul daran hindern, endlich der Paul zu sein, der er immer sein wollte.

Auch nicht die ätzende Frau Haslinger, die, kaum dass sie gegangen war, schon wieder in der Wohnung auftauchte. Sofort versuchte sie sich als legitimierte Nachfolgerin von Pauls Eltern aufzu-

spielen. Sofort versuchte sie Paul vorzuschreiben, was er zu tun und was er unbedingt zu lassen hatte. So hatte sich Paul das Alleinsein natürlich nicht vorgestellt. Zum Glück kam Wolf-Friedrich vorbei und sah Paul hoffnungslos ausgeliefert in aussichtsloser Haslinger-Verstrickung. Da überlegten sie zusammen, wie Paul die ätzende Frau Haslinger loswerden könnte.

»Beleidigen!«, schlug Wolf-Friedrich vor.

»Aussichtslos!«, entgegnete Paul. »Frau Ha-Ha-

Haslinger ist so se-se-sensibel wie ein Paar Gummistiefel.«

»Dann vertreiben!«

»Unmöglich! Die ist so a-a-anhänglich wie eine K-K-Klette.«

»Das gibt es doch nicht!«, entgegnete Wolf-Friedrich, »irgendetwas muss es doch geben, was dir die Tante vom Hals hält.«

»K-K-Katzen!«, schrie Paul wie von einer Erleuchtung heimgesucht auf.

»Katzen?«, fragte Wolf-Friedrich ungläubig.

»J-j-ja. Die Haslinger hat eine K-K-Katzenallergie!«

»Na wunderbar, wenigstens etwas!«, atmete Wolf-Friedrich auf. »Dann wäre das Problem bald gelöst und die Dame auf Nimmerwiedersehen verschwunden.«

Paul konnte sich wirklich nicht vorstellen, was Wolf-Friedrich nun vorhatte.

»Kassettenrekorder! Mikro! Kassette! Strom!«, verlangte Wolf-Friedrich daraufhin.

Paul zerrte seinen tragbaren Kassettenrekorder aus der Schublade, das dazugehörige Mikrofon aus einer anderen, ebenso wie eine leere Kassette. Er steckte den Stecker in die Steckdose.

»U-u-und nu?«, wollte er erwartungsvoll und gespannt wissen.

Wolf-Friedrich nahm das Mikro in die Hand, sagte »Pscht!« und »Aufnahme!«, drückte den kleinen Schalter des Mikrofons nach unten und fing an zu ... zu ... miauen!!! Verdammt! Wolf-Friedrich miaute wie ein leibhaftiger Kater in das Mikrofon. Und noch einmal und immer wieder. Dann deutete er lautlos auf Paul und Paul miaute ebenfalls. »Mi-i-i-i-au!«

Das klang zwar eher und eindeutig wie eine erkältete Ziege, aber bei Frau Haslingers Gespür dürfen Katzen schon mal meckern.

»So, und jetzt gehst du zur Haslinger rüber und bittest sie höflichst, sie soll augenblicklich hierher kommen. Du willst ihr unbedingt was zeigen. Der Wolf-Friedrich hat dir nämlich eine Überraschung geschenkt!«, sagte Wolf-Friedrich und grinste dabei so sehr, dass seine Schildmütze anfing zu wackeln.

Paul ging los und kam Sekunden später mit der Frau Haslinger im Schlepptau wieder zurück.

Sobald sie die Wohnung betreten hatte, drückte Wolf-Friedrich im Kinderzimmer auf ›Wiedergabe‹, sodass ein wildes aufgeregtes Katzen-Ziegengejammer einsetzte und die Wohnung erfüllte.

Frau Haslinger stoppte augenblicklich wie vom Blitz getroffen, wurde feuerrot im Gesicht, ihre Augen quollen hervor und in ihrer Stimme vibrierte eine entsetzliche Vermutung.

»Wa-wa-was i-i-ist das denn?«, stotterte sie.

»Meine Katzen!«, antwortete Paul freudig und stotterfrei. »Wollen Sie sie mal …«

›Sehen‹ wollte Paul noch sagen. Doch dazu kam es dann nicht mehr, denn Frau Haslinger machte sogleich auf dem Absatz kehrt und verließ fluchtartig die Wohnung und betrat sie von da an nicht wieder.

»Puh! Geschafft!«, sagte Wolf-Friedrich.

Und »Puh! G-g--geschafft!«, zog Paul überglücklich und erleichtert nach.

Nun war Paul tatsächlich allein. Außer wenn Wolf-Friedrich bei ihm war. Das war zwar oft, aber nicht immer der Fall. Paul hatte keine klare Vorstellung vom Alleinsein. Er war ja zuvor noch nie allein gewesen. Zumindest nicht ganz und gar und für längere Zeit. Er stellte sich das Alleinsein auf jeden Fall kolossal aufregend vor. Endlich würde er tun und lassen können, was er wollte. Endlich nicht mehr Vaters Bier holen und sich dort bis auf die Knochen blamieren! Das Alleinsein schien große Vorteile zu haben. Und nun ging es richtig los mit dem Alleinsein.

Oblomovs Fliege

Dann am nächsten Morgen, als Paul wieder einmal vorbei am dünnen Hausmeister Giggenbach, dann an seiner dicken Frau und zuletzt an der ätzenden Frau Haslinger und ihrem stinkenden Mülleimer in den Hinterhof trat, schien alles so zu sein wie immer. Die Sonne stand direkt und kerzengerade über den Mülltonnen. Die Krassov-Zwillinge spielten mit der Krassov-Dogge. Die kam, als sie Paul erblickte, mit großen Schritten ganz schnell auf ihn zugehechelt, sodass die Krassov-Mutter vom Balkon ihr erlösendes »Erwin! Aus!«-Geschrei herunterbrüllte und somit das Zwillingsgelächter verstummte. Alles war so wie immer, bis auf ... Oblomov! Oblomov war nicht zu sehen! Er lag nicht wie immer fett und faul auf dem heißen Asphalt in der Sonne. Wo verdammt noch mal war Oblomov???

Das fragte sich nicht nur Paul, sondern auch Charlotte. Die kam nämlich ganz aufgeregt in den Hinterhof gerannt und schrie noch aufgeregter: »Oblomov! Oblomov!«, mit sich überschlagender Stimme. »Wo steckst du?!«

Oblomov gab aber keinen Laut von sich und zeigte sich auch nicht. Oblomov war verschwunden. ›Komisch‹, dachte Paul, ›der fette und ebenso faule Oblomov macht sich freiwillig auf den Weg nach irgendwohin.‹ Paul überlegte kurz und dann war ihm einwandfrei klar: ›Unmöglich! Bevor Oblomov freiwillig den Hinterhof verlässt und seinen kostbaren Platz an der Sonne aufgibt, trifft ihn der Hitzeschlag.‹

Das dachte auch haargenau Charlotte und wurde deshalb immer aufgeregter. Sie fragte nervös, mit zitternder Stimme und den Tränen nahe: »Habt ihr vielleicht Oblomov gesehen?«

Die Krassov-Zwillinge kicherten daraufhin dämlich vor sich hin und Paul senkte verschämt seinen Blick und schüttelte vor Unwissenheit noch verschämter seinen Kopf. In nicht einmal einer halben Stunde wusste das ganze Haus Bescheid. In jedem Winkel und hinter den abgelegensten Ecken wurde jetzt nach dem verschwundenen Oblomov gesucht. Der dünne Hausmeister Giggenbach rief »Oblomov!« Seine dicke Frau ebenso. Die Krassov-Mutter schrie das erste Mal, seit Paul sie kannte, vom Balkon nicht »Erwin!«, sondern »Oblomov!«. Der Zoohändler Zorn stellte seine Zoohandlung auf den Kopf und schaute in und hinter alle Aquarien. Nur die ätzende Frau

Haslinger beteiligte sich nicht an dem Oblomov-Geschrei.

Aber weder der dünne Hausmeister Giggenbach noch seine dicke Frau, auch nicht der Zoohändler Zorn und schon gar nicht das Krassov-Mutter-Gebrüll konnten Oblomov dazu bewegen, wieder zurückzukommen. Oblomov war und blieb verschwunden. Aber wo, wo hatte er sich hinverschafft?

Er konnte doch, so dick und faul wie er war, nicht weit sein. Für Paul war klar, dass Oblomov durch nichts und niemand auf der Welt freiwillig seinen heißen asphaltierten Sonnenplatz aufgegeben hätte. Also musste er dazu gezwungen worden sein. Aber von wem? Und durch was? Und vor allem warum?

Darauf hatte Paul keine Antwort. Dennoch war für ihn jetzt zweifelsfrei klar: ›Das konnte und wollte ihm nicht mehr egal sein.‹ Auf Oblomov konnte Paul zwar gut und gerne verzichten. Doch es ging nicht um Oblomov. Es ging um Charlotte.

Indem man Charlotte ihren heiß geliebten Oblomov wegnahm, entriss man auch ihm, Paul, ein Stück weit Charlotte. Zumindest die Charlotte, für die er so hemmungslos schwärmte. Die freudig lachende, hüpfende und herumtollende Charlotte, die so war wie ganz und gar liebens- und schwärmenswert.

Davon war nach Oblomovs Verschwinden kaum

mehr etwas übrig. Charlotte hüpfte nicht mehr, sprang nicht mehr und lachte erst recht nicht mehr. Sie interessierte sich für überhaupt nichts mehr. Charlotte wurde plötzlich alles egal. Die Sonne, die direkt und kerzengerade über dem Hinterhof stand, die Krassov-Zwillinge und ihre Dogge, der dünne Hausmeister Giggenbach und seine dicke Frau, Herr Merzig, der Zoohändler Zorn, die ätzende Frau Haslinger, ihre eigene Familie und ja, erst recht und mehr denn je Paul.

Paul musste etwas tun. Er musste Charlottes Veränderung aufhalten. Paul musste sie wieder zum Lachen, Hüpfen und Springen bringen. Das war er ihr und seiner früheren Schwärmerei schuldig. Ja! Kein Zweifel, das war Pauls Part. Das Einzige, was ihm in diesem Fall und somit Charlotte helfen konnte war: Oblomov! Ja, Oblomov musste wieder her! Wo immer er auch steckte. Paul musste ihn finden und wieder herschaffen. So schnell wie möglich und auf Teufel komm raus! Und Wolf-Friedrich musste ihm dabei helfen. Wolf-Friedrich war immerhin sein Freund und als sein Freund war er Paul das auch schuldig.

Mutziputzi und die Methode

Ohne lange zu überlegen, willigte Wolf-Friedrich ein. Sie trafen sich wieder auf der Bank am Hafen. Aber diesmal spekulierten sie nicht über die Reiseziele der Schiffe, sondern über den Verbleib Oblomovs.

Wer konnte ein Interesse daran haben, dass Oblomov auf Nimmerwiedersehen verschwand?

Wolf-Friedrich zuckte mit den Schultern und das konnte nur ›keine Ahnung‹ bedeuten.

Die ätzende Frau Haslinger vielleicht? Die konnte Oblomov nie und alle Katzen überhaupt nicht leiden.

»Wegen ihrer Allergie!«, ergänzte Wolf-Friedrich.

»G-g-genau!«, bestätigte Paul.

Ansonsten hatte niemand im Haus etwas gegen Oblomov. Selbst die Krassov-Dogge verhielt sich ihm gegenüber gleichgültig.

»Hm«, überlegte Wolf-Friedrich. »Vielleicht wurde er überfahren?!«

»Ü-ü-überfahren?«, fragte Paul verwundert. »O-O-Oblomov überfahren?«

»Ja, von einem Auto beim Straße überqueren!«

Paul konnte sich nicht mehr bremsen und lachte haltlos vor sich hin. Wolf-Friedrich verstand ihn kaum und sein Lachen noch viel weniger.

»Oblomov und die Straße überqueren!!«, brüllte Paul. »N-n-niemals! O-O-Oblomov setzt keine Pf-Pf-Pfote vors Haus, da-da-dafür ist er viel zu f-f-faul.«

Wolf-Friedrich und Paul überlegten und surften weiter von Spekulation zu Verdächtigung, von Verdächtigung zu Vermutung und von Vermutung zu Nichtwissen.

Der Zoohändler Zorn schied von Anfang an aus. Er war viel zu tierverliebt, als dass er Oblomov auch nur ein Haar hätte krümmen können. Was man von Hausmeister Giggenbach nicht behaupten konnte. Und von seiner Frau erst recht nicht. Sie war immer penibel darauf bedacht, dass alles im Haus ordentlich und sauber zuging. Die Stöckchen springende Dogge war ihnen ebenso ein Dorn im Auge wie der in der Sonne herumfläzende Oblomov. Die kaffeebraune Frau Krassov konnte dagegen rein gedanklich mit dem Oblomov-Verschwinden nicht in Zusammenhang gebracht werden. Sie verließ ihren Sonnenstuhl ohnehin nur ungern und war schon sonnenplatzmäßig mit Oblomov ein Herz und eine Seele. Die Zwillinge waren einfach zu doof um Oblomov von seinem Platz an der Sonne wegzulocken oder gar zu vertreiben. Herr Kaspar! Ja, er schien für alle Verdächtigungen prädestiniert zu sein.

Dieser Auffassung war auch die ätzende Frau Haslinger: »Ich wusste es ja schon immer! Wenn einer etwas mit dem Verschwinden von unserem (Sie sagte tatsächlich ›unserem‹, diese Heuchlerin.) Oblomov zu tun hat, dann dieser Kerl unterm Dach!«

Aber alle Verdächtigungen und Vermutungen führten nicht weiter.

»Der Gedanken sind genug gewechselt!«, sagte Wolf-Friedrich nach unergiebiger Gedankenwälzerei plötzlich ganz feierlich. »Jetzt müssen Taten folgen!«

Und Paul nickte bestätigend.

»Wie sollen wir vorgehen?«, fragte Wolf-Friedrich, »nach welcher Methode?«

»M-M-Methode?«, fragte Paul überrascht und konnte sich wirklich nicht vorstellen, was Wolf-Friedrich damit meinte.

»Naja, wir können nicht einfach aufs Geratewohl anfangen zu suchen. Schon gar nicht, wenn wir davon ausgehen, dass Oblomov verschleppt wurde.

Das dauert viel zu lange und führt meistens zu nichts. Wo beginnen? Wo enden? Wir müssen uns einen Plan zurechtlegen. Alle großen Fahnder und Schnüffler, alle Detektive und Geheimagenten hatten selbstverständlich einen Plan, eine Erfolg versprechende Methode.«

»Im K-K-Keller!«, platzte es aus Paul hervor.

»Im Keller?«, fragte Wolf-Friedrich skeptisch und konnte Paul gedanklich keinesfalls folgen.

»Ja, im K-K-Keller könnten wir b-b-beginnen!«, sagte Paul.

»Jaja, natürlich. Natürlich können wir auch den Keller durchsuchen. Wir können theoretisch alle Keller des ganzen Wohnviertels durchwühlen ...«

»Aber p-p-praktisch nicht einmal d-d-den im Haus!«, unterbrach Paul Wolf-Friedrichs Vortrag.

»Warum nicht?«

»Weil er abgeschlossen i-i-ist. I-i-immer. Und von niemandem n-n-niemals zu b-b-betreten.«

»Und wer hat den Schlüssel?«, fragte Wolf-Friedrich.

»Keine A-A-Ahnung!«, entgegnete Paul, »vielleicht der d-d-dünne Hausmeister Giggenbach oder ...!«

»Naja, das klären wir später!«, fuhr jetzt Wolf-Friedrich dazwischen, »aber zuerst geht es um Wichtigeres. Zuerst geht es um die Methode.«

»Wenn d-d-du meinst?!«, willigte Paul skeptisch ein, »versuchen wir es e-e-einfach mit M-M-Methode.«

»Also«, fuhr Wolf-Friedrich methodisch fort, »wurde Oblomov verschleppt. So kann es nur ein Täter gewesen sein, der wusste, dass Oblomov immer faul und fett im Hinterhof in der Sonne fläzte.«

»Korrekt!«, entgegnete Paul.

»Also kommt nur jemand aus unmittelbarer Umgebung in Frage. Jemand aus der Straße oder aus der Nachbarschaft oder vom Haus«, sagte Wolf-Friedrich.

›Korrekt!‹, wollte Paul sogleich entgegnen, doch bei dem Gedanken daran, dass tatsächlich jemand in seinem Haus Oblomov auf dem Gewissen hatte, dachte er, ›schrecklich und fürchterlich!‹, und fragte daraufhin entsetzt: »Aber wer?«

»Tja, das müssen wir herausfinden«, sagte Wolf-Friedrich, schon in der Manier eines ausgefuchsten Agenten mit astreiner Methode.

Dann dachte Wolf-Friedrich angestrengt und lange nach und dabei grunzte er wie ein Hängebauchschwein mit Verdauungsschwierigkeiten und gab Laute von sich, als ob sich seine Gedanken im Kopf nur schwerfällig und geräuschvoll bewegen ließen. Ein Zischen und Blubbern, ein Knistern und Knattern drang aus Wolf-Friedrich, als ob sein Kopf ein Betonmixer wäre.

Paul saß auf der Bank am Hafen neben ihm und brachte vor lauter Wundern und Staunen keinen vernünftigen Gedanken zustande.

Dann endlich, nachdem die Geräusche leiser wurden und letztendlich versiegten, sprach Wolf-Friedrich das aus, was ihm so schwer zu denken gab:

»Wir legen einfach einen Köder aus!«, verkündete er stolz und geräuschfrei.

»Einen K-K-Köder???«, sagte Paul verwundert und

versuchte Wolf-Friedrichs Absicht zu durchschauen. Er dachte darüber nach und jetzt knisterte und knackte und zischte und blubberte es bei ihm ähnlich laut im Kopf. Doch seine Gedanken bewegten sich nicht von der Stelle und es fiel ihm dazu nichts ein. Außer:

»W-w-was für'n K-K-Köder?«

»Mutziputzi!«

»M-M-Mutzip-p-putzi?«

»Mutziputzi!«, bestätigte Wolf-Friedrich.

»Mutziputzi ist der steinalte Kater von meiner Tante Jeanette. Er ist haargenau so fett und faul wie Oblomov, pooft den ganzen Tag bei meiner Tante im Garten und rührt sich nicht von der Stelle. Er ist auch nur mit einer ganz besonders scharfen französischen luftgetrockneten Salami zu bewegen und dann auch nur, wenn man ihm unaufhörlich ›Cheri, mon cheri, je t'aime‹ ins Ohr säuselt. Das ist französisch und bedeutet so viel wie ›mein lieber, mein guter, mein allerbester Kater‹. Er versteht nämlich nur Französisch. Ja, Mutziputzi ist ein alter Franzose und vor allem eigenwillig und stur.

Er heißt eigentlich nicht Mutziputzi, sondern ganz korrekt George Jacques Chipac der Zweite und stammt, laut Tante Jeanette, aus uraltem französischen Adel und hat astreines blaues Blut in sich.«

Dabei zwinkerte Wolf-Friedrich und tippte sich mit dem Zeigefinger auffällig an die Stirn, was so viel bedeuten konnte wie, ›die Alte spinnt‹.

»Nichtsdestotrotz«, fuhr Wolf-Friedrich fort. »Mutziputzi und Tante Jeanette bestehen darauf, dass man ihn beim vollen Namen nennt. Mutziputzi sage nur ich und dann nur, wenn ich sicher sein kann, dass sie's nicht hören.

»George Jacques Gi-gi-gi dingsbums ... monscheri ... schä-schä-schä tä-tä...«, versuchte sich Paul in Französisch. »Puh!«, stöhnte er, »bloß g-g-gut, dass dein Französisch n-n-nicht von schlechten E-E-Eltern ist!«, entgegnete er dann etwas überfordert und verstand noch immer nicht genau, was Wolf-Friedrich eigentlich vorhatte.

»Korrekt!«, bestätigte Wolf-Friedrich. »Mit meinem Französisch und einem Sack voll luftgetrockneter Salami kann ich Mutziputzi bestimmt dazu überreden für uns als Köder einzuspringen.

Jetzt ging Paul ein Licht auf und der schwerfällige Groschen fiel. »D-d-du meinst M-M-Mutziputzi wird abends in den Hinterhof verpflanzt und soll den Täter anlocken, während w-w-wir gespannt u-u-unter dem Treppenabsatz hocken u-u-und warten!«, fuhr Paul jetzt ebenfalls aufgeregt fort.

»Exakt!«, sagte Wolf-Friedrich, »das ist die Methode!«

»Genial!«, bestätigte Paul und klapste Wolf-Friedrich anerkennend auf die Schultern, woraufhin der sofort anfing wie Colombo himself zu strahlen. Was Paul wiederum wie auch immer gedanklich auf den Keller brachte. Er fragte: »Was i-i-ist jetzt mit dem K-K-Keller?«

»Was'n für'n Keller?«, entgegnete Wolf-Friedrich noch immer in seiner Methode verhaftet. Er schien wirklich nicht mehr zu wissen, welcher Keller gemeint war.

»Na, d-d-der abgesperrte im Ha-Ha-Haus!«, sagte Paul wie ganz selbstverständlich, »wann w-w-wollen wir uns d-d-den vorknöpfen?«

»Jetzt!«, sagte Wolf-Friedrich, ohne lange zu überlegen.

»Jetzt?«, fragte Paul sichtlich überrumpelt.

»Ja, warum denn nicht?«, fügte Wolf-Friedrich hinzu. »Komm!«

Koffer, Keller und Kinshasa

Paul und Wolf-Friedrich drückten sich verlegen und um sich blickend im Hausflur an der Kellertreppe herum. Sie taten so, als ob sie in ein hochgeistiges intensives Gespräch über Fische verwickelt wären. Der dünne Hausmeister Giggenbach, der des Weges kam, schüttelte nur verständnislos den Kopf und beachtete sie nicht weiter.

Seine dicke Frau ebenso. Die ätzende Frau Haslinger schenkte ihnen nur verächtliche Blicke. Der Zoohändler Zorn hingegen hatte natürlich ein uneingeschränktes Verständnis für ihr Palaver. Die Krassov-Zwillinge spielten im Hof und sahen sie nicht. Die Krassov-Dogge ebenfalls nicht. Zum Glück! Charlotte rannte mit gesenktem Kopf an ihnen vorbei.

Als alle verschwunden und außer Sichtweite und die Luft rein war, stürzten Paul und Wolf-Friedrich wie verabredet lautlos die Kellertreppe hinunter.

Jetzt standen sie vor der massiven Holztür. Und Wolf-Friedrich wurde das bewusst, was Paul schon lange klar war. Die Tür war abgeschlossen, und ohne den passenden Schlüssel nicht zu öffnen. Verdammt! Wolf-Friedrich überlegte. Paul überlegte. Es knisterte und knackte und zischte und ihre Gedanken arbeiteten so laut, dass beide befürchteten augenblicklich gehört zu werden. Dann kam Wolf-Friedrich ein ganz besonders lauter Gedanke in den Sinn und der formte sich in seinen Hirnwindungen und reifte und reifte und fiel letztendlich wie eine überreife Frucht aus dem Mund.

»Mein Schlüsselbund!« hing jetzt wie ausgespuckt zwischen Paul und Wolf-Friedrich und bedeutete so viel wie: Wolf-Friedrich besaß als Briefträger selbstverständlich für alle Eingangstüren des Viertels einen riesigen Schlüsselbund. Und den holte er nun aus seiner Posttasche, die ihm um die Schulter hing. Natürlich passte der Eingangsschlüssel nicht unbedingt für die Kellertüren, aber vielleicht handelte es sich in diesem Fall um einen sogenannten Universalschlüssel, der sowohl als auch passte.

Und während Paul hoffte und die Daumen zusammenpresste bis über die Schmerzgrenze hinaus, steckte Wolf-Friedrich den Schlüssel langsam und behutsam in das Schloss und drehte vorsichtig nach rechts, als könnte die Tür dabei zerbrechen und immer weiter und weiter und exakt einmal herum.

»Ja!!«, jubelte Paul lautlos, während seine brotscheibendicken Brillengläser beschlugen vom dampfenden Schweiß.

Wolf-Friedrich schob die jetzt offene Tür einen Spalt auf, gerade weit genug, damit die beiden hindurchschlüpfen konnten. Anschließend ließ Wolf-Friedrich die Tür wieder lautlos hinter sich ins Schloss gleiten.

Jetzt standen sie im dunklen, muffig riechenden Keller und sahen nicht mal die Hand vor ihren brotscheibendicken Brillengläsern. Außer seiner tief sitzenden, schlotternden Angst spürte Paul überhaupt nichts und konnte auch nichts denken. Und Wolf-Friedrich ging es haargenau ähnlich. Sie standen da und glotzten in die Dunkelheit und hätten dabei, bei Licht betrachtet, bestimmt ziemlich bescheuert ausgesehen.

Irgendwann nahm dann Wolf-Friedrich sein Feuerzeug und ließ eine helle feurige Flamme aufleuchten, sodass das Licht Pauls Augen, die sich bereits an die Dunkelheit gewöhnt hatten, blendete.

Die Flamme warf auf die Wände große dunkle Schatten und verwandelte den Keller in eine gespenstische Höhle, die noch unheimlicher erschien als die bedrohliche Dunkelheit zuvor. Dann tastete sich Wolf-Friedrich mit der Feuerzeugflamme in der Hand an der Wand entlang, auf der Suche nach dem verdammten Lichtschalter.

Paul stand nach wie vor wie gelähmt auf der Stelle und wartete. Dann hörte er einen Schrei und »Autsch!« und dann war der Keller hell.

Wolf-Friedrich lehnte an der Wand und rieb sich die verbrannten Finger.

Der Keller bestand aus mehreren Räumen, die alle bis auf einen offen standen und alle bis auf einen anderen vollkommen leer waren. Der eine dagegen war voll gestopft bis unter die Decke. Darin stapelten sich ganz unterschiedliche Koffer zu atemberaubenden Türmen. Blaue, gelbe, braune, weiße und vor allem schwarze. Solche für Spontanreisen und andere für lebenslange Weltreisen. Überseekoffer, Aktenkoffer, Kleiderkoffer, Arztkoffer, Werkzeugkoffer, ganz normale Koffer und auch viele schwarze Handtaschen in allen Größen.

›Komisch‹, dachte Paul, ›wer braucht so viele Koffer.‹ Und ›komisch‹ dachte auch Wolf-Friedrich.

Dann fingen sie an, die Koffer etwas näher zu betrachten. An manchen prangte ein Metallschild mit unterschiedlichen Initialen. A.Z., S.M., R.L stand zum Beispiel auf einigen. Auf anderen war eine komplette Adresse aufgeklebt. ›Mr. Kugikakli, Down-town Street, Kinshasa‹ war auf einem zu lesen. Oder ›Roland Hungerbühler, Porzellangasse 23, 1090 Wien‹ auf einem anderen.

Dann begannen sie die Koffer zu öffnen. Aber nichts! Nichts drin! Die Koffer waren alle leer! Außer den unterschiedlich bedruckten, bespannten und tapezierten Innenwänden waren die Koffer gähnend leer.

»K-k-komisch«, sagte Paul und »komisch« sagte auch Wolf-Friedrich und beide hatten keine Ahnung, was das zu bedeuten hatte. Der Keller brachte sie in der Oblomov-Frage kein winziges, noch so kleines Stück weiter. Kein Hinweis auf Oblomovs Verbleib ließ sich im Keller aufspüren. Nur weitere ungeklärte Fragen gesellten sich zu den bereits bestehenden. Enttäuscht traten die beiden wieder den Rückzug an.

Als sie gerade den Keller wieder verlassen wollten und Wolf-Friedrich die Holztür schon geöffnet in der Hand hielt, hörten sie Schritte.

Verdammt! Da kamen eindeutig Schritte auf sie

zu. Auf der Kellertreppe. Zuerst leise dann immer lauter.

»Zurück!«, zischte Wolf-Friedrich ganz nervös. Er drückte die Tür wieder zu und Paul das Licht aus. Im Dunkeln tasteten sie sich unter heftigem Schienbein anschlagen und gegen Mauern rempeln an den Wänden entlang. Sie kauerten geduckt hinter den Koffertürmen und versuchten ihren aufgebrachten heftigen Atem zu beruhigen und leise zu bekommen.

Die Kellertür ging auf. Ein Schlüsselbund klirrte. Eine Gestalt betrat den Keller. Dann verharrte sie. Eine kurze Irritation wegen der offenen Tür. Dann schob sich die Gestalt vollends in den Keller. Sie lehnte die Tür hinter sich nur an.

Ein schmaler Lichtstreifen wanderte schnell wie ein Blitz auf dem Boden entlang und brach sich mehrmals an Mauerecken und Wandkanten, bis er sich letztendlich verschämt in einem der dunklen Kellerräume verdrückte. Ohne Licht zu machen und ohne anzurempeln, wie durch eine unsichtbare Hand geführt, tapste die Gestalt, an Paul und Wolf-Friedrich vorbei zu dem einzigen abgesperrten Kellerraum. Die Gestalt steckte einen Schlüssel ins Schloss, öffnete die Tür, lehnte sie an und verschwand dahinter. Ein leises Summen, ein hochtöniges Schleifen war zu hören und hin und wieder ein Pfiff.

›Komisch‹, dachte Paul und ›komisch‹ dachte Wolf-Friedrich. Und beide schlichen getrieben von Neugier hinter den Koffern hervor und langsam und, ohne Licht zu machen, an der Wand entlang zur angelehnten Tür. Dann drückten sie die Tür lautlos und ein winziges bisschen auf und linsten ganz vorsichtig hinein. Das, was sie nun da im Kellerraum sahen, hätten sie sich nicht im verrücktesten Traum träumen lassen! Ja!, im dusteren Kellerraum kniete eine Gestalt vor einer riesigen auf dem Boden aufgebauten Eisenbahn und beobachtete aufmerksam eine beleuchtete Lok, wie sie vor ihren Augen im Kreis fuhr und eine um die andere Runde drehte.

›Giggenbach!‹, schoss es Paul durch den Kopf.

Und auch Wolf-Friedrich wurde den Eindruck nicht los, dass die Gestalt auf den Knien verdammt an den Hausmeister Giggenbach erinnerte.

Fasziniert beobachteten Paul und Wolf-Friedrich Herrn Giggenbach, wie der wiederum fasziniert die Lok beobachtete und hin und wieder durch die Trillerpfeife pfiff.

So lange, bis sich der Hausmeister Giggenbach plötzlich erhob, die Lok vom Gleis nahm und in einer Schachtel verstaute. Sich dann umdrehte, die Tür öffnete, wieder verschloss und an Paul und

Wolf-Friedrich vorbei, die bereits wieder hinter den Koffertürmen versteckt lagen, den Keller verließ und dabei den schmalen auf den Wänden liegenden Lichtstrahl mitnahm.

»Puh! Glück gehabt!«, sagte Wolf-Friedrich und bevor Paul dasselbe wiederholen konnte, hörten beide ein abermaliges leises Schlüsselgeklimper. Wieder wurde die Kellertür geöffnet und wieder fiel ein schmaler Lichtstrahl in den dunklen Keller, brach sich an Mauerecken und verschwand im Dunkeln. Wieder wurde kein Licht gemacht und eine Gestalt schlich durch den Raum.

›Wer war es dieses Mal?‹, überlegten Paul und Wolf-Friedrich angestrengt. ›Schon wieder der Giggenbach?‹

Jetzt stand die Gestalt im Raum mit den Koffern. Sie war nur noch durch einen bis zur Decke gestapelten wackligen Kofferturm von Paul und Wolf-Friedrich getrennt. Die Gestalt öffnete einen kleinen Arztkoffer, nahm etwas heraus, woraufhin eine Flamme kurz und hell aufflackerte und sogleich wieder erlosch.

Dann glomm eine runde pfenniggroße Glut in der Dunkelheit. Außer dem Glühen der Glut sahen Wolf-Friedrich und Paul nichts. Sie konnten die Gestalt weder sehen noch erkennen. Aber ihre Nasen rochen jetzt plötzlich einen würzigen und brennenden

Geruch. Rauch! Zigarettenrauch tänzelte in unsichtbaren Schwaden um ihre Nasen. Außerdem hörten sie nervöses hektisches Einatmen und kurz darauf ebenso hektisches Ausatmen.

›Da zieht sich jemand eine Zigarette rein!‹, dachte Paul erstaunt.

Dann, nach einer Menge kurzer Züge wurde der runde Glutknopf ausgedrückt und der Koffer wieder verschlossen. Die Gestalt schlich wieder, ohne Licht zu machen und ohne irgendwo dagegen zu rempeln. Die Kellertür wurde aufgeschoben. Der schmale Lichtstrahl schwoll an, weitete sich sogleich im Keller breit aus und verschwand, als die Tür wieder zufiel, ebenso blitzartig, wie er entstanden war.

Paul und Wolf-Friedrich atmeten erleichtert auf. Wolf-Friedrich ließ seine Feuerzeugflamme wieder aufleuchten und tastete sich, ohne sich diesmal die Finger zu verbrennen, zum Lichtschalter. Es wurde hell. Paul stürzte sofort zu dem Arztkoffer. Er öffnete ihn und beide konnten eine angebrochene Schachtel Zigaretten, ein Feuerzeug und einen Aschenbecher voll ausgedrückter Kippen erkennen.

»K-k-komisch!«, sagte Paul.

»Komisch!«, bestätigte Wolf-Friedrich. »Das ist das heimliche Rauchzimmer von ...«

»Giggenbach!«, unterbrach ihn Paul, »d-d-der kam zum z-z-zweiten Mal!«

»Wie kommst du denn darauf?«, fragte Wolf-Friedrich erstaunt.

»Naja«, sagte Paul, dem hat s-s-seine dicke Frau doch v-v-verboten zu rauchen. Also r-r-raucht er bestimmt heimlich im K-K-Keller.« Dabei tippte er sich an die verschwitzte Stirn.

»Sachen gibt's«, sagte Wolf-Friedrich und konnte sich ein Lachen nicht verkneifen. Dann schlug er vor: »Los komm, nichts wie raus hier!«

»Ja!«, stimmte Paul zu, »die M-M-Methode wartet.« Und fügte noch hinzu: »Der K-K-Keller war ja eher ein F-F-Flop und somit schnellstens a-a-abzuhaken.

Wolf-Friedrich nickte und beide machten sich davon.

Ein Paar pfeifende Turnschuhe, eine schwebendes Nachthemd und ziemlich viel französische Salami

Wolf-Friedrich hatte mit der luftgetrockneten Salami genau Mutziputzis Geschmack getroffen, sodass er ihn problemlos in seiner Posttasche auf seinem Postfahrrad von Tante Jeanette weg in den Hinterhof zu Paul transportieren konnte. Mutziputzi war's egal. Er schleckte und knabberte und kaute während der Fahrt ununterbrochen an dem Ring Salami herum. Als sie dann ankamen, war er voll gefressen und hundemüde und nur noch mit seiner Verdauung beschäftigt, dass er, wo auch immer auf dieser Welt, bewegungslos und faul liegen geblieben wäre.

Die Sonne ging bereits unter. Die Krassov-Zwillinge steckten sicher schon in ihren Schlafanzügen und waren auf dem Sprung ins Bett. Die Krassov-Dogge poofte höchstwahrscheinlich schon neben dem Kanapee. Der dünne Hausmeister Giggenbach und seine dicke Frau saßen wie immer und jeden Abend vor der Glotze. Genauso die ätzende Frau Haslinger. Der Zoohändler Zorn hatte den Laden schon lange dicht. Herr Merzig war bestimmt noch nicht zu Hause und Herr Kaspar nach wie vor in seiner Wohnung. Die Trifonov-Familie saß hundertprozentig beim Abendessen und Charlotte brachte sicher wieder keinen einzigen Bissen hinunter.

Der Hinterhof war menschenleer.

Paul und Wolf-Friedrich schlichen, Mutziputzi noch immer in der Posttasche, vorsichtig und leise durch das Haus und in den Hof. Sie setzten Mutziputzi hinter der geöffneten Hoftür auf dem noch immer aufgeheizten warmen Asphalt ab. Mutziputzi gähnte müde und furzte vor sich hin.

»Reste assis et ne bouge pas!«, flüsterte Wolf-Friedrich, was so viel bedeutete wie: ›Bleib schön sitzen und rühr dich nicht vom Fleck!‹

Und Paul säuselte ihm ununterbrochen »M-m-mon cheri George Jacque G-G-Gipac, je t-t-t'aime, m-m-mon ch-ch-cheri!« ins fette französische Katerohr. Anschließend verdrückten sich die beiden unter den Treppenabsatz mit astreinem Blick auf den mittlerweile eingeratzten und vor sich hin schnarchenden Mutziputzi.

Paul und Wolf-Friedrich saßen dicht aneinander

gedrückt unter dem Treppenabsatz und warteten. Eine Kirchturmuhr schlug neun. Dann zehn. Dann elf. Mutziputzi schnarchte noch immer und Paul fielen ebenfalls beinahe die Augen zu. Wolf-Friedrich stieß ihn immer wieder mit seinem spitzen Ellbogen in die Seite, damit er nicht hoffnungslos wegdämmerte.

Dann plötzlich, kurz nachdem die elf metallenen dumpfen Schläge im Treppenhaus verklungen waren, ging das Treppenhauslicht an und die Haustür scheppernd auf. Schritte kamen auf Paul und Wolf-Friedrich zu. Langsam, schleppend und schlurfend. Dann betraten die Schritte die Stufen und waren genau über den beiden. Dann ein polternder Stolperer und ein kurz darauf folgender satter Aufprall, dem ein nuschelndes missmutiges »Scheiße!« folgte.

Dann lange nichts mehr. Keine Schritte, keine Worte, kein Treppenknarren. Nichts!

Wolf-Friedrich und Paul linsten vorsichtig aus ihrem Versteck hervor und auf die Treppenstufen und da sahen sie ... »Verdammt!, d-d-das ist ja Herr M-M-Merzig«, flüsterte Paul und deutete auf das Bündel Mensch auf den Treppenstufen hin.

»Der pennt!«, flüsterte Wolf-Friedrich. »Der Merzig ist eingeschlafen!«

»Komisch!«, ergänzte Paul verwundert und wagte sich etwas weiter unter dem Treppenabsatz hervor. Jetzt konnte er Herrn Merzig genau erkennen. »Oh Mann!«, stieß er überrascht hervor, »d-d-der ist total betrunken! D-d-der Merzig ist v-v-voll bis zum R- R-Rand!«

»Mist!«, entgegnete Wolf-Friedrich und Paul stieß Herrn Merzig ordentlich in die Rippen. Dann brüllte er, so laut er konnte, ins Merzig-Ohr und verschwand daraufhin blitzschnell wieder unter dem Treppenabsatz. Herr Merzig sprang wie von einer Tarantel gestochen auf und stolperte und keuchte die Stufen wie von einem furchterregenden Dämon verfolgt hinauf und verschwand hinter der krachenden Tür in seiner Wohnung.

Wolf-Friedrich honorierte Pauls erfolgreiche Initiative mit dem nach oben gestreckten Daumen und beide freuten sich dabei, während Mutziputzi unverändert vor sich hin ratzte.

Kaum nachdem Merzigs Tür ins Schloss geknallt war, ging eine andere Tür im Haus knatternd auf. Beinahe lautlose Schritte schwebten die Stufen hinunter.

Bei jedem leisen Knarren zählte Paul mit. Elf, zwölf ... ein Stockwerk. Elf, zwölf ... zwei Stockwerke ... ›Krassov! Oder Giggenbach!‹, dachte Paul, als ein

schwebendes, hauchdünnes, cremefarbenes Nachthemd mit wehenden Haaren an ihnen vorbeihuschte und einen Lavendelduft verströmte. Paul und Wolf-Friedrich konnten die Gestalt nur von hinten sehen und nicht erkennen, nur raten.

Aber als die Person plötzlich wie ausgebremst anhielt und drei Mal ganz kurz und zwei Mal lang gegen die Tür der Zoohandlung pochte und diese langsam aufging und Herr Zorn ohne weißen Kittel und mit nacktem Oberkörper erschien, war es einwandfrei klar. Es war Frau Krassov!

›Was macht die um Himmels Willen kurz vor Mitternacht in der Zoohandlung?‹, dachte Paul. ›Fischfutter?! Vielleicht ist ihr das Fischfutter ausgegangen oder die Krassov-Dogge hat wieder Lust auf einen saftigen frischen Kautschuk-Knochen.‹

Als aber die Frau Krassov dem Herrn Zorn an die behaarte Brust sprang und um den Hals fiel, gab es keinen Zweifel mehr, dass es in diesem Fall nicht um die Doggen-Lust ging.

Dann verschwanden die beiden in der Zoohandlung und die Tür wurde leise geschlossen.

»Sachen gibt's!«, sagte Wolf-Friedrich und Paul wollte ihm gerade zustimmen, als eine weitere Sache ihm zuvorkam.

Wieder ging die Haustür auf, das Treppenlicht an und pfeifend schlenderte ein Stimme in Richtung Wolf-Friedrich und Paul. Sie blieb kurz vor ihren Nasen und pochenden Herzen stehen. Sie sahen ausgelatschte verdreckte Turnschuhe und dann hörten sie blechernes Klappern, das vor allem Wolf-Friedrich verdammt bekannt vorkam. Die Briefkastenschlitze gingen auf und fielen kurze Zeit gedämpft scheppernd wieder zu. Tak ...Tak ... Tak ... insgesamt acht Mal. Dann verschwanden die Turnschuhe pfeifend wieder und Zeitungen steckten jetzt in acht Briefkastenschlitzen.

Erleichtert kommentierten Paul und Wolf-Friedrich den Schreck, indem sie die zurückgehaltene Atemluft mit einem kräftigen Stoß entweichen ließen.

Aber zum entspannten Durchatmen war keine Zeit. Denn schon wieder fing im Treppenhaus etwas an, sich zu bewegen.

Eigentlich hätte man davon ausgehen müssen, dass nachts um fast ein Uhr die meisten Hausbewohner schliefen. Dem war offenbar nicht so. Schon wieder Schritte. Leise, aber deutlich zu hören. Zehn, elf, zwölf ... ein Stockwerk. Zehn, elf, zwölf ... zwei Stockwerke. Zehn, elf, zwölf ... drei Stockwerke und schon tauchten pelzige Hauspantoffeln vor Wolf-Friedrich und Pauls brotscheibendicken Brillengläsern auf. Dann machte es ganz kurz ›Ratsch‹, dann ›Tak‹ und dann im bereits vertrauten Rhythmus eins, zwei ... elf, zwölf und so weiter, bis erneut eine Tür ins Schloss fiel.

»D-d-das war d-d-die ätzende Frau Ha-Ha-Haslinger«, sagte Paul.

»Und die hat der Familie Trifonov die Zeitung gemopst!«, fügte Wolf-Friedrich hinzu.

Und tatsächlich im Briefkasten der Familie Trifonov fehlte jetzt die Zeitung.

»I-i-ich werd verrückt!«, stöhnte Paul, während Mutziputzi herzhaft gähnte. D-d-diese alte Sch-Sch-Schachtel schreckt vor nichts zurück!«

»Stimmt!«, entgegnete Wolf-Friedrich, »aber mit Oblomov hat sie wohl nichts zu tun. Freiwillig würde die nie eine Katze anfassen.«

Paul fing insgeheim an, an ihrer Methode zu zweifeln.

Wolf-Friedrich dagegen war ganz und gar davon überzeugt. Er sagte: »So schnell geht es eben nicht. Vielleicht müssen wir mehrere Nächte hier warten, bis der Täter auftaucht!«

›Oh Mann‹, dachte Paul, ›mehrere Nächte unter diesem engen dunklen Treppenabsatz machen mich fix und alle. Außerdem kommen meine Eltern bereits in vier Tagen wieder zurück.‹

Und während Paul seinen betrüblichen Gedanken und Aussichten nachhing und Wolf-Friedrich bewegungslos verstummte, entging ihnen tatsächlich wie im Haus erneut eine Tür aufging, so leise, dass es auch mit gespitzten Ohren wirklich kaum zu hören gewesen wäre. Erst als Mutziputzi plötzlich miaute und Wolf-Friedrich aus seinem Schlaf hochschreckte und zusammen mit Paul hinter der Treppe hervorlugte, sahen sie, wie Herr Kaspar mit einem Koffer, so groß wie eine Waschmaschine, an ihnen vorbei und aus dem Haus schlich.

›Komisch!‹, dachte Paul, ›der Herr Kaspar verreist.‹

Und ›komisch!‹ dachte Wolf-Friedrich. Und beide wunderten sich wie kaum zu glauben.

Völlig von der Rolle waren sie aber, als keine halbe Stunde später Herr Kaspar plötzlich wieder zurückkam und leise und behutsam mit seinem riesigen Koffer die Treppe wieder hochschlich und hinter seiner Tür verschwand.

»V-v-vielleicht was v-v-vergessen!«, spekulierte Paul und Wolf-Friedrich mit ihm und beide warteten und warteten und warteten, aber Herr Kaspar kam nicht mehr zurück.

»Komisch!«, sagte Paul und »komisch!« entgegnete Wolf-Friedrich und beide verstanden die Welt nicht mehr.

Ein Gefühl wie eingefroren

Am nächsten Morgen wachten sie durch Mutziputzis Gemaunze und ziemlich zerknautscht mit steifem Genick und Muskelkater in den Beinen auf. Wolf-Friedrich packte Mutziputzi wieder in die Posttasche und fuhr ihn zurück zu Tante Jeanette. Paul dagegen wankte hundemüde ins Bett und schlief, ohne einmal aufzuwachen, bis Mittag durch.

Dazwischen träumte er hemmungslos. Und was für wirres Zeug! Es war ein Katzen-Fisch-Eltern-Charlotte-Traum und fing eigentlich ganz gut an, endete jedoch katastrophal.

Paul träumte mal wieder, er wäre ein Fisch und schwämme im Ozean und neben ihm liefen seine Eltern, ja, sie liefen im Ozean! Oh Mann, es gibt nichts Verrückteres als Träume.

Sie liefen also – seine Mutter auf den halsbrecherischen Schuhen, mit denen sie ständig umknickte.

Sein Vater hatte eine Hundeleine um den Hals und über seinen Ohren hingen rote reife Kirschen. Er bellte exakt wie die Krassov-Dogge und sperrte dabei seinen Mund sperrangelweit auf und soff eimerweise Wasser. Seine Mutter stöhnte immerzu: »Konzentrier dich!«, und Paul der Fisch wusste nun wirklich nicht genau, ob sie ihn oder den Vater meinte. Paul schwamm an einem Felsbrocken vorbei. Aber der Felsbrocken war nicht aus richtigem Stein, sondern sah haargenau aus wie Oblomov.

Der Felsbrocken miaute und sein Vater bellte noch immer. Auf dem Stein saß wie auf einem Katzenbuckel ... Charlotte!, und ließ ihr Haar herunter. Aber Paul konnte es natürlich nicht greifen, weil er ja keine Hände, sondern nur Flossen hatte. Das hielt aber seine Mutter nicht davon ab, wieder »Konzentrier dich!« zu rufen. Jetzt war Paul sicher, dass sie *ihn* meinte.

›Aber das ist doch überhaupt kein psychisches, sondern ein mechanisches Problem‹, wollte Paul sagen, aber aus seinem Fischmund kamen nur lauter schwarze Lakritze–Schnecken, die sich um Charlottes Haar wanden und sich festsaugten, so lange bis der Zoohändler Zorn vorbeischwamm. Dann ließen sie sie los und sie fielen ab wie überreife Kirschen vom Baum.

Der Zoohändler Zorn hatte ein Blaulicht auf dem Kopf und eine Spritze in der Hand und jagte immerzu hinter Frau Krassov her, die jetzt eine Nixe war und ihr Höschen eine Flosse. Schließlich kam auch noch die olle Frau Haslinger mit dem Körper einer Mülltonne und Flossen dran. Sie öffnete ihren zahnlosen nach Katzenpisse stinkenden Mund und sog und schluckte alles, was kleiner war als sie. Und das war einwandfrei alles. Auch Paul den Fisch, seine Eltern, Charlotte, den katzenbuckligen Felsen, den Zoohändler Zorn und Frau Krassov und schließlich den gesamten Ozean.

Dann, als alles weg und in dem gierschlundigen Haslingermund verschwunden war, klingelte es. Ganz schrill. Dann klingelte es wieder und noch einmal, so als wollte es niemals aufhören.

Paul schreckte hoch, riss die Augen auf und war plötzlich wieder hellwach. Das Klingeln war aber noch immer da und klirrte wie eine scheppernde Glocke durch sein Zimmer. Er stand auf und öffnete die Wohnungstür.

Wolf-Friedrich stand davor und schaute aus seinen brotscheibendicken Gläsern, als wollte er gleich und augenblicklich im Stehen einschlafen. Während er zwischen jedem Wort gähnte, als wollte er alles, was ihm in die Quere kam, so wie der

Haslinger Rachen, unwiederbringlich verschlucken, sagte er: »Ich« ... gähn ... »hab« ... gähn ... »was« ... gähn ... »für« ... gähn ... »dich« ... gähn, gähn!

Er streckte Paul eine Postkarte entgegen, die ausnahmsweise sogar an ihn adressiert war.

»Von P-P-Papa und M-M-Mama!«, sagte Paul begeistert, »aus Venedig!«, und dabei fixierte er das Bild auf der Karte, als wollte er sofort hineintauchen und sogleich darin verschwinden.

»Jaja« ... gähn ..., sagte Wolf-Friedrich, ... gähn ... »wir müssen« ... gähn ... »die Methode ... die weitere Vorgehensweise ... besprechen« ... gäääähn.

»Los k-k-komm rein!«, rief Paul und schob den vor Müdigkeit torkelnden Wolf-Friedrich vor sich her in sein Zimmer und direkt in den Ohrensessel. Wolf-Friedrichs Schildmütze rutschte wie automatisch nach vorne über die Stirn und seine Augen hinter den Brillengläsern fielen ihm ebenfalls wie automatisch zu. Wolf-Friedrich schlief, noch ehe Paul verhindernd einschreiten konnte, mit seiner Posttasche eingekuschelt im Arm ein. Er war auch nicht mehr wach zu kriegen. Paul war's egal.

Da war es wieder, dieses Egal-Gefühl, von dem Wolf-Friedrich immer sagte: »Geht mir haargenau ähnlich! Hin und wieder zumindest! Da werfe ich die Briefe in die Briefkastenschlitze und dabei sind sie mir völlig egal. Aber nicht nur die Briefe. Nein, auch meine Uniform und die Schildmütze, mein frisch geputztes Postfahrrad, meine Umhängetasche, meine Arbeit, meine ganze Briefträgerexistenz und zuletzt auch noch ich selbst. Ich bin mir schnurzpiepegal.«

»Was?«, fragte dann Paul ganz entsetzt, »d-d-du auch!« Er wollte und konnte es gar nicht glauben, weil Wolf-Friedrich doch immer so schien, als ob er ständig allerbester Laune wäre.

»Tja, das ist die Kunst!«, entgegnete ihm darauf Wolf-Friedrich. »Dem Egal-Gefühl keine Bedeutung schenken. Es einfach nicht wichtig nehmen.«

»Du m-m-meinst es e-e-egal sein zu lassen?«, fragte dann Paul immer überrascht.

»Exakt!«, antwortete Wolf-Friedrich. »Es muss dir völlig egal sein, dass dir manchmal alles egal ist.«

»Und d-d-dann ist es i-i-irgendwann auch w-w-wieder nicht mehr e-e-egal!«

»Ega ... äh ... exakt!«, bestätigte Wolf-Friedrich und beide grinsten schelmisch vor sich hin.

Die Stippvisite nach Venedig und eine tragbare Lösung zurück

Paul saß in diesem ihm völlig egalen Egal-Gefühl auf seinem Bett im Schneidersitz und hielt sich die Postkarte von Venedig vor die Augen. Zuerst mit ausgestrecktem Arm, in bewährtem armlangen Abstand. Dann schob er sie wie immer ganz langsam und vorsichtig seinen Augen entgegen, bis ganz dicht vor die dicken Brillengläser. Jetzt war ihm Venedig ganz nahe und verschwamm zu einem bunt gesprenkelten aufregenden Brei. Pauls Augen fielen zu und er in Gedanken hinein in diese neue, von ihm ungekannte Stadt.
Er war jetzt in Venedig! Er saß in einer Gondel mit verschränkten Beinen und ließ sich den Canale Grande entlang schippern. Das Boot schnitt lautlos eine Fahrtrinne ins grün melierte Wasser und glitt sanft dahin. Auf der Heckseite stand ein junger durchtrainierter venezianischer Gondoliere in Seemannshemd und Sonnenhut, mit roter Schleife auf dem Kopf, und stocherte mit einem langen

Holzstab ins Wasser. Er schob dadurch das Boot an. Andere Gondeln, vollgepackt mit photographierenden Touristen, kamen Paul entgegen.

Das linke und rechte Ufer des Canale säumten beeindruckende herrschaftliche Häuser. Alle waren sie auf Pfählen ins Wasser gebaut. Faszinierend! Eine ganze Stadt im Wasser. Das Faszinierendste aber war, dass es überhaupt keine Autos gab. Logisch eigentlich. Wo hätten die auch fahren sollen? Es gab ja nur Wasserstraßen und Fußwege und unzählige Brücken.

Paul stieg aus der Gondel aus und schlenderte zu Fuß weiter. Von der Kathedrale über die Seufzerbrücke und eine Menge anderer Brücken und Stege zum Markusplatz.

Da tauchte Paul dann in die Menschenmenge ein und wurde zwangsläufig wie auf einem treibenden Fluss mitgerissen. Es gab keine Aussicht auf Ausstieg. Paul bewegte sich wie in einem Labyrinth zwischen Schultern und Bäuchen, inmitten von Armen und Köpfen und unter Füßen und Beinen. Er wurde herumgeschoben und eingezwängt.

Paul wurde es ziemlich ungemütlich dabei und

er bekam es mit der Angst zu tun. Dann kreuzte plötzlich ein Gesicht in der Ferne inmitten dieses Menschenknäuels auf, das ihm ziemlich vertraut schien.

»Das ist doch ... Papa!«, brüllte er so laut er konnte und daneben ... M-M-Mama!«

Ja, das waren doch eindeutig seine Eltern, die im Gewühl herumstampften und ihn nicht hören und sehen konnten. Paul schrie und winkte, so gut es ging, und die Gesichter um ihn herum lachten und zeigten mit den Fingern auf ihn. Ihre Hunde, die in den Einkaufstüten und Körben saßen und von ihnen herumgeschleppt wurden, bellten bedrohlich.

»Hilfe!«, schrie Paul jetzt, »Hilfe!«, so lange, bis er eine warme Hand auf seiner Stirn spürte und eine Stimme vernahm, die ihm ziemlich bekannt vorkam.

»Immer mit der Ruhe!«, sagte sie und war direkt über ihm.

Paul riss die Augen auf und sah ins Gesicht von ... »Wolf-Friedrich!«, drang es erleichtert aus Pauls Mund, als er sein verschlafenes Lächeln erblickte.

»Was ist denn los!«, wollte Wolf-Friedrich selbstverständlich und noch immer müde wissen.

Paul dachte nach und sagte: »I-i-ich hab's.«

»Was?«, fiel Wolf-Friedrich völlig ahnungslos aus dem Mund.

»D-d-die Lösung! Die M-M-Methode! Die erlösende M-M-Methode!«

»Hä?«, kullerte es Wolf-Friedrich noch ahnungsloser über die Lippen.

»In Venedig w-w-werden Hunde in T-T-Taschen und K-K-Körben transportiert!«

»Wie kommst du denn darauf!«, sagte Wolf-Friedrich und lachte wie über einen schlechten Witz.

»Ich hab's gesehen!«, entgegnete Paul. »Grad eben!«, und jetzt lachte er wie über einen guten Witz.

Wolf-Friedrich schüttelte den Kopf wie kaum zu

glauben. Er fragte skeptisch und um einen Zusammenhang bemüht: »Und?«

»Herr K-K-Kaspar! Die K-K-Koffer! O-O-Oblomov!«, schleuderte da Paul wie Punchingbälle aus sich heraus.

Doch Wolf-Friedrich verstand und er sagte: »Könnte sein, ja! Das müssen wir schleunigst überprüfen. Und ohne dass er es merkt.«

»Aber wie?«, wollte Paul neugierig wissen.

»Keine Ahnung!«, gab Wolf-Friedrich offen zu und gähnte herzhaft dabei.

Ein Knoten im Kopf, zwei Mauerspringer und ein Hofmarathon

Am selben Abend kauerten Wolf-Friedrich und Paul wieder heimlich unter dem Treppenabsatz. Diesmal ohne Mutziputzi. Sie warteten gespannt darauf, ob Herr Kaspar auch in dieser Nacht seine Wohnung verließ. Zuerst kam wieder Herr Merzig völlig betrunken ins Haus gestürzt und stolperte die Treppe hoch. Dieses Mal ohne zu fallen. Nachdem er in seiner Wohnung verschwunden war, huschte wieder Frau Krassov wie ein weißer in Lavendel getränkter Schatten durchs Treppenhaus und verschwand an Herrn Zorns behaarter Brust in der Zoohandlung. Dann kam der pfeifende Zeitungsjunge und Sekunden nach ihm die ätzende Frau Haslinger, die dieses Mal nicht den Trifonovs, sondern den Krassovs die Zeitung mopste.

»So, jetzt müsste der Herr Kaspar an der Reihe sein«, flüsterte Wolf-Friedrich leise und schon ging im Haus eine Tür auf. Paul zählte wieder: »Zehn, elf, zwölf ... ein Stockwerk, zehn, elf, zwölf ... zwei Stockwerke, zehn, elf, zwölf ... drei Stockwerke, zehn, elf, zwölf ... vier Stockwerke. Jetzt hätte Herr Kaspar auftauchen und an ihnen vorbeihuschen müssen. Aber nein! Zehn, elf, zwölf ...!

»K-k-komisch!«, flüsterte Paul entsetzt, »so viele Stockwerke hat d-d-das Haus doch g-g-gar nicht!«

Wolf-Friedrich schaute am Treppenabsatz vorbei und sah ... Niemand! Noch immer waren Schritte auf der Treppe zu hören. Zehn, elf, zwölf ... siebtes Stockwerk ...

»Da latscht jemand unaufhörlich die Treppen rauf und runter«, kam es Wolf-Friedrich plötzlich in den Sinn.

Sie schlichen vorsichtig aus ihrem Versteck und langsam die Treppe hoch. Zwischen dem ersten und zweiten Stock kam ihnen wie aus dem Nichts eine kreidebleiche Gestalt mit knielangem weißen Umhang, weißer Zipfelmütze, barfuß, mit ausgestreckten Armen und geschlossenen Augen entgegen.

Also, wenn Paul nicht fest davon überzeugt gewesen wäre, dass es so etwas wie Gespenster und Geister nur in den verworrenen Hirnwindungen von Verrückten gibt, hätte er beim Anblick dieser Gestalt eindeutig an sie glauben müssen. Aber bei näherer Betrachtung war die an ihnen nun wortlos und ohne sie zu beachten vorbeitrottende Gestalt kein Gespenst, auch kein Geist, nein es war eindeutig und ohne Zweifel ...

»Herr G-G-Giggenbach!«, flüsterte Paul Wolf-Friedrich leise ins Ohr.

Und »Vollmond!«, ergänzte Wolf-Friedrich einsichtig. »Herr Giggenbach schlafwandelt!«

Sie schauten ihm hinterher, wie er mit tapsigen kleinen Schritten die Treppe verließ, in den Hinterhof trat und wie ein Sträfling beim Hofgang, mit vorgestreckten Armen, wie bescheuert Runden drehte.

Paul und Wolf-Friedrich versteckten sich daraufhin wieder hinter dem Treppenabsatz und schauten Herrn Giggenbach bei seinem nächtlichen schlafwandelnden Marathon zu, wobei Paul die Runden zählte. Dabei verpassten sie beinahe Herrn Kaspar, der wieder fast völlig lautlos mit einem mikrowellengroßen Koffer durchs Treppenhaus wandelte.

Als er das Haus verlassen hatte, sprang Wolf-Friedrich wie an einer Schnur gezogen auf, sodass seine Knie knackten und rief ganz aufgeregt: »Hinterher!«, und spurtete los.

Paul rannte hinterher. Sie hüpften wie Springbälle hinter schützende Mauervorsprünge, von da zu windstillen Häuserecken, über dunkle Hauseingänge zu zugigen Buchsbaumhecken, immer Herrn Kaspar in sicherem Abstand hinterher.

Herr Kaspar lief langsam, ohne zu hetzen, die Straße entlang, bog an deren Ende nach links ab, dann nach rechts, lief wieder geradeaus und direkt in den Wittgenstein-Park. Er durchquerte den Park und schlenderte an dem von Taubenkacke übersäten Denkmal vorbei zum Flussufer hinunter. Dicht am Wasser stellte er den Koffer ab.

Paul und Wolf-Friedrich kauerten geduckt in einem nach Pisse und Kacke riechenden Busch, der offenbar als Hundetoilette missbraucht wurde, und ließen von da aus, mit zugehaltener Nase, Herrn Kaspar nicht mehr aus den Augen.

Herr Kaspar schaute nach rechts, dann nach links und zuletzt nach hinten, hielt daraufhin kurz inne, als ob er nachdachte, öffnete den Koffer und leerte ihn aus.

Aber keine toten oder lebendigen Katzen sprangen heraus, auch kein Müll oder Abfall kullerte aus dem Koffer, sondern ... Steine!!! Ja, kleine Kieselsteine schwappten aus dem Koffer und vermischten sich mit dem am Ufer liegenden Kies. Stein zu Stein!

Paul und Wolf-Friedrich schauten sich wie völlig durchgeknallt an – noch immer mit zugeklemmter

Nase. Beide zuckten mit den Schultern hoch bis zu ihren brotscheibendicken Brillen.

›Was hatte das zu bedeuten? Was führte Herr Kaspar im Schilde? Woher kamen die Steine? Und warum kippte er sie ans Flußufer?‹

In Pauls und Wolf-Friedrichs Köpfen knisterte es jetzt wieder wie höchstens bei Kaspar im Kies. Denn was jetzt kam, überforderte die beiden gedanklich absolut und einwandfrei total.

Herr Kaspar nahm eine kleine Handschaufel und schaufelte ... Kies?!! Herr Kaspar schaufelte wieder Kies in seinen Koffer.

»D-d-der s-s-spinnt d-d-doch!«, näselte Paul um seinen unlösbaren

Gedankenknoten im Kopf endlich wieder loszuwerden.

»Weiß nicht?!«, näselte Wolf-Friedrich zurück und dachte noch angestrengter nach.

Bloß gut, dass Herr Kaspar so laut schaufelte, sonst hätte er Wolf-Friedrichs Gedankengeröll sicher rollen hören.

Als Herr Kaspar den Koffer voll hatte, legte er die Schaufel wieder zurück, klappte die Scharniere zu, spuckte zweimal in die Hände und stapfte mit dem Koffer in der Hand vom Ufer zurück in den Park.

Paul und Wolf-Friedrich traten aus dem bestialisch stinkenden Hundeklo und nahmen die Verfolgung wieder auf.

Herr Kaspar streifte wieder langsam und ohne Hektik durch den Park, am Wittgenstein-Denkmal vorbei, dann drei Straßen entlang, an zwei Ecken rechts und einer links und schließlich zurück zum Haus. Paul und Wolf-Friedrich hopsten wieder von den Buchsbaumhecken über schützende Häuserecken und Eingängen zu windigen Mauervorsprüngen, Herrn Kaspar dicht hinterher.

Er bemerkte sie nicht. Im Treppenhaus schlich er,

ohne Licht zu machen, die Stufen hoch und verschwand lautlos in seiner Wohnung.

Als Paul und Wolf-Friedrich Sekunden später an der Treppe ankamen, schlurfte ihnen wieder schwankend der schlafwandelnde Hausmeister Giggenbach entgegen und war zielstrebig auf dem Weg vom Hinterhof zurück in sein Bett.

Paul und Wolf-Friedrich zogen sich daraufhin in Pauls Wohnung zurück.

»Puh! G-g-geschafft!«, sagte Paul.

Und »Geschafft!«, zog Wolf-Friedrich erleichtert nach.

Dann wälzten sie die nächtlichen Eindrücke noch einmal im Kopf herum und zergrübelten ihre Beobachtungen am Flussufer. Sie überlegten und überlegten und kamen dennoch nicht drauf: ›Was machte Herr Kaspar mit den Steinen in seiner Wohnung? Und was hatte das mit Oblomov zu tun?‹ Oder hatte es vielleicht überhaupt nichts mit ihm zu tun?

Während sie so nachdachten, kam Paul eine ganz hinterhältige Befürchtung in den Sinn. Er wagte sie gar nicht auszusprechen, druckste verlegen herum und stotterte noch mehr als gewöhnlich; so als weigerten sich seine Worte gänzlich über die Lippen zu gehen.

»V-v-viel-l-l-leicht ... v-v-vielleicht h-h-hat ... v-v-vielleicht h-h-hat ... H-H-Herr ... K-K-Kaspar ...«

»Na was denn?«, fragte Wolf-Friedrich ungeduldig.

»Vielleicht hat Herr Kaspar ... vielleicht hat ... hat er Oblomov getötet und ... und ...«

»Was!!«

» ... ausgestopft«, brachte Paul heraus und dabei gruselte es ihn, dass eine fiese Gänsehaut seinen Körper umspannte.

»Mit den Steinen?«

»Ja!«

»Nein!«, schrie Wolf-Friedrich empört.

»V-v-vielleicht doch!«, mutmaßte Paul weiter. »Wie b-b-beim Wolf und d-d-den sieben ..., d-d-du weißt schon!«

»Puh!«, stöhnte Wolf-Friedrich, »das wäre allerdings ziemlich scheußlich und absolut die verschärfteste Variante! Und von uns schnellstens herauszufinden! Wir müssen irgendwie in seine Wohnung!«

»Kurz einen B-B-Blick hineinwerfen müsste a-a-auch schon reichen.«

»Ja!«, rief Wolf-Friedrich und »Ich hab's!«

Und dann offenbarte er Paul eine grandiose Idee.

Stinkende Meerschweinchen und miauende Postkarten

Charlotte ging es immer schlechter. Je länger Oblomov jetzt schon verschwunden war, umso betrübter wurde sie. Paul machte sich richtiggehend Sorgen. Charlotte lag nur noch lethargisch im Bett, starrte zur Decke und war unansprechbar. Oder sie lief mit dicken schwarzen Schatten unter den Augen und ganz blass und fahl im Gesicht und mit betrübt gesenktem Blick orientierungslos umher. Ihr wurde alles egal und nichts interessierte sie mehr. Zumindest behaupteten das Charlottes Eltern, die sich selbstverständlich große Sorgen machten. Sie waren ständig bemüht sie aufzumuntern. Sie versprachen ihr einen Oblomov-Ersatz und hätten ihr jeden noch so ausgefallenen Wunsch erfüllt. Aber Charlotte hatte keinen, außer höchstens einen und der hieß Oblomov.

Dass man eine Katze so dermaßen toll in sein Herz schließen konnte, wollte Paul nicht so recht in den Sinn. Aber für Charlotte war Oblomov offenbar etwas ganz Besonderes. So etwas Ähnliches wie die Postkarten vielleicht oder wie Wanda und die Schwärmerei am Hafen für Paul.

Der Zoohändler Zorn versuchte sie aufzuheitern, versprach ihr seinen schönsten Fisch mit Namen ›Blue-friend‹ und ein Aquarium dazu. Oder wenn sie wollte auch eines dieser stinkenden Meerschweinchen. Auch weiße Ratten hätte sie haben können. Aber Charlotte lehnte ab. Bei dem Meerschweinchen und den Ratten konnte es Paul ja verstehen. Aber den Fisch auch? Das wollte ihm nicht in den Kopf!

Wolf-Friedrich schlug vor, Charlotte eine aufmunternde Postkarte zu schicken. Anonym natürlich. Paul willigte sofort ein. Es war eine Klapppostkarte mit Katzenmotiv. Das Besondere aber war, dass die Karte, wenn man sie öffnete miaute, und zwar so lange, bis man sie wieder schloss. Darauf kündigten Paul und Wolf-Friedrich nun ganz pathetisch an, alles Menschenmögliche zu unternehmen und nicht zu ruhen, bis Oblomov endlich wiedergefunden war. (Das mit dem Ruhen kam beinahe hin, da unter der Treppenstiege wirklich kaum Ruhe zu finden war.)

Nachdem Charlotte die Postkarte erhalten hatte, schien sie tatsächlich etwas zuversichtlicher zu sein.

Da Paul das Gefühl, an dem Charlotte momentan litt, nur allzu gut kannte und wusste wie unangenehm und hilflos man sich dabei vorkam, hätte er so ziemlich alles auf sich genommen um ihr zu helfen. Natürlich nicht ganz selbstlos. Paul war selbstverständlich klar, dass er, sobald Charlotte wieder die Alte wäre, auch ordentlich was davon haben würde. Schwärmereien nämlich! Und vielleicht auch ..., aber daran wollte er gar nicht denken, geschweige denn glauben. Hoffen vielleicht und dann auch nur mit dem Kopf unter der Decke.

Ein waghalsiger Brillentanz und zwei Blicke in die Hölle

Das war jetzt die dritte Nacht unter dem Treppenabsatz und insgeheim konnte Paul die Rückkehr seiner Eltern kaum mehr erwarten. Endlich wieder ein weiches Bett unterm Hintern! Und nicht wie jetzt die zugige feucht-modrig riechende Treppenrückseite vor Augen. Er und Wolf-Friedrich kauerten mit einem Seil, einem Bergsteigergurt und einem ausgefuchsten Plan hinter der Treppe.

Alles lief wie inszeniert ab: Zuerst kam wieder Herr Merzig, dann die Frau Krassov, der Zeitungsjunge, die ätzende Frau Haslinger, die dieses Mal dem Zoohändler Zorn die Zeitung aus dem Briefkasten stahl, und zuletzt Herr Kaspar, dieses Mal mit Aktenkoffer. Der dünne Hausmeister Giggenbach ließ in dieser Nacht das Wandeln und schlief tief an der Seite seiner dicken Frau.

Als Herr Kaspar das Haus verlassen hatte, mahnte Wolf-Friedrich zur Eile und rief: »Der Countdown läuft!«

Die beiden sprangen auf wie Klappmesser und flogen wie Springbälle die Treppen hoch. Ganz oben unterm Dach ließen sie neben der Wohnung von Herrn Kaspar und der von Herrn Merzig die Klappleiter von der Decke und öffneten die Luke zum Dach. Wolf-Friedrich legte Paul den Bergsteigergurt um den Körper und zog ihn fest. Dann stiegen sie vorsichtig die Sprossen hoch und aufs Dach. Pauls Knie fingen an zu schlottern und die Angst kribbelte unter seiner Haut.

Wolf-Friedrich dagegen hatte alles cool im Griff. »Los krabbel raus!«, sagte er, »ich sichere dich ab.«

Paul krabbelte die Dachziegel entlang. Der Mond glotzte, als ob er Augen hätte und die Neugier der ätzenden Frau Haslinger. Unter Paul lagen vier Dachfenster wie hingemalt.

»W-w-welches ist es d-d-denn?«, wollte Paul wissen.

Wolf-Friedrich überlegte, dann sagte er: »Ich glaube das ganz rechts.«

»A-a-aber da brennt ja L-L-Licht!«, entgegnete Paul überrascht.

»Na und, umso besser!«, sagte Wolf-Friedrich, »hat er eben brennen lassen!«

Paul krabbelte weiter. Es ging nur ganz mühsam und langsam voran. Paul schwitzte und der

Schweiß badete sein Gesicht und ließ es im fast noch vollen und neugierigen Mondlicht erglänzen. Wolf-Friedrich stand an der Dachluke, das Seil zweimal um den Leib gewickelt, und hielt es zwischen sich und Paul straff gespannt.

»Los weiter!«, rief Wolf-Friedrich Paul aufmunternd zu, der nicht nur gegen das steile Dach und die rutschigen Ziegel ankämpfen musste, sondern vor allem gegen seine Angst und die zitternden Knie. Stück für Stück ging es immer weiter dem schrägen Dachfenster entgegen.

»Gleich hast du es!«, rief ihm Wolf-Friedrich beschwörend zu.

Paul hielt sich am Fensterrahmen fest. Er beugte sich leicht nach vorne um durchs Fensterglas in die Wohnung zu schauen. Und dann, dann passierte es. Durch den Schweiß im Gesicht, auf der Nase und hinter den Ohren fing seine Brille an sich zu bewegen. Sie geriet ins Rutschen. Sie rutschte unaufhaltsam den Nasenrücken entlang und darüber hinaus und segelte am Fenster vorbei durch die Luft.

»Mist!«, zischte Wolf-Friedrich entsetzt.

Und »M-M-Mist!«, zischte auch Paul. Jetzt verschwamm das ganze Dach zu einem rosafarbenen höckrigen und glänzenden Brei. Das Fenster sah aus wie eine schimmernde verschwommene

Wasserpfütze. In der Wohnung war, wie bei einem Blick in ein tiefes Loch, nichts zu erkennen. Die Brille baumelte im Gitter, nicht weit von Paul entfernt. Aber auch die sah er nicht.

»W-w-was machen w-w-wir jetzt?«, stöhnte Paul hilflos.

»Du musst deine Brille wieder grabschen!«, schlug Wolf-Friedrich vor.

»Aber i-i-ich seh d-d-doch überhaupt nichts!«, entgegnete Paul ganz schön frustriert.

»Ich hab's!«, rief daraufhin Wolf-Friedrich von einem grandiosen Einfall heimgesucht. Er nahm seine Brille mit den ähnlich brotscheibendicken Gläsern vom Kopf und schlang sie mit den eingeklappten Bügeln um das straff gespannte Seil, das die beiden miteinander verband.

»Pass auf!«, sagte er, »ich lass dir jetzt meine zurutschen!«

Daraufhin ließ er die Brille los, sodass diese im Affenzahn auf Paul zuschrappte und schließlich in seine offenen Hände prallte.

»Super!«, applaudierte Wolf-Friedrich.

Paul setzte sich Wolf-Friedrichs Brille auf die Nase und ... tatsächlich jetzt konnte er alles wieder einwandfrei erkennen. Auch seine eigene faul baumelnd im Gitter.

Mit der einen Hand hielt er jetzt den Fensterrahmen umklammert und mit der anderen die Brille auf der Nase fest. So schaute er durchs Dachfenster in die Wohnung. Jetzt wurde das schwarze Loch plötzlich zu einer sich vor seinen Augen aufhellenden unglaublichen Hölle. Was Paul da erblicken konnte, ließ seinen Atem augenblicklich stocken und eiskalte Schauer den Rücken entlang und über das Dach hinunterprasseln. Ein Schreck nistete sich in seine Glieder und sein Kopf wollte nicht glauben, was seine Augen eindeutig sahen.

Verdammt! In einem Zimmer der Wohnung standen drei Käfige, in denen jeweils zwei Katzen eingesperrt waren. In einem der Käfige saß auch ...

»O-O-Oblomov!«, rief Paul aufgeregt, woraufhin Wolf-Friedrich nur wie benommen »Ich werd verrückt!« hervorstieß.

Oblomov sah ziemlich verändert aus. Abgemagert mit räudigem Fell und mit einem Blick, der nichts Gutes ahnen ließ.

»Los! Komm wieder hoch!«, rief Wolf-Friedrich. »Er kann jeden Augenblick zurückkommen!«

Paul krabbelte noch ein Stück weiter nach unten und griff mit ausgestrecktem Arm nach seiner Brille, zerrte sie aus dem Gitter hervor und ... hinein damit in die Hosentasche.

Dann rief er: »Zieh!«, und Wolf-Friedrich zog vorsichtig am Seil, sodass Paul auf allen vieren nach oben bis zur Luke glitt.

»Puh! G-g-geschafft!«, stöhnte Paul und »geschafft!« atmete auch Wolf-Friedrich erleichtert auf. Dann kletterten beide die Stufen der Dachleiter hinab und klappten die Luke zu und die Leiter wieder zurück.

Anschließend huschten sie, so schnell sie konnten, die Treppe hinunter und auf direktem Wege in Pauls Wohnung zurück. Da lauschten sie mit dem Ohr festgedrückt an der Tür und linsten mit dem Auge durchs zugige Schlüsselloch.

Nicht lange danach kam Herr Kaspar, den Aktenkoffer in der Hand, die Treppen hoch und verschwand in seiner Wohnung.

Was war zu tun? Paul und Wolf-Friedrich waren ratlos. Sie wussten jetzt, wo Oblomov war. Wie sie ihn befreien sollten, wussten sie nicht.

Die ganze Nacht über hatten sich Paul und Wolf-Friedrich beraten. Die verwegensten Überlegungen hatten sie in Betracht gezogen. Alle Möglichkeiten wurden durchdacht. Klar war, dass Herr Kaspar Oblomov bei sich festhielt. Aber warum? Warum machte er das? Was steckte dahinter?

»Der Mistkerl verkauft sie vielleicht!«, sagte Wolf-

Friedrich nach langer geräuschvoller Überlegung. »Ja, deswegen auch die Zahlungen.«

»Welche Zahlungen?«, wollte Paul wissen.

»Einmal im Monat bekommt Herr Kaspar durch die Post, also mich, Zahlungen zugestellt!«

»Zahlungen wofür?«

»Keine Ahnung. Vielleicht für die Katzen! Herr Kaspar verhökert die Katzen, damit sie für Versuche und Experimente verwendet werden können«, spekulierte Wolf-Friedrich weiter.

»Und O-O-Oblomov?«, fragte Paul entsetzt.

»Auch!«, antwortete Wolf-Friedrich.

Dabei musste Paul zwangsläufig an Charlotte denken, und ohne lange zu überlegen, stieß er entschlossen hervor: »D-d-das müssen w-w-wir verhindern!«

»Logisch!«, bestätigte Wolf-Friedrich. »Wie auch immer und so schnell wie möglich.«

Alleinsein schmeckt nach verbrannten Kartoffeln

Vier Tage war Paul jetzt schon allein. Aber von Alleinsein konnte zum Glück keine Rede sein. Er hatte ja Wolf-Friedrich. Wolf-Friedrich! Jetzt fiel Paul erst richtig auf, wie wichtig Wolf-Friedrich für ihn war. Aber nicht nur, weil es Wolf-Friedrich war, sondern dass es überhaupt jemand war. Jemand, der ihm das Gefühl gab, nicht allein zu sein. Denn Alleinsein schien gar nicht so einfach wie gedacht. Alleinsein war verdammt anstrengend.

Seit vier Tagen bummelten seine Eltern jetzt in Venedig herum. Zuerst hatte sie Paul gar nicht richtig vermisst. Dafür war natürlich auch viel zu viel los gewesen. Je länger sie aber weg waren, umso mehr hatte sich ein seltsames Gefühl bei ihm eingeschlichen. Es krabbelte die Beine hoch, durchwanderte den Bauch, schlüpfte ins Herz und setzte sich breitbackig in seinen Kopf. Ein Gefühl von Heimweh, obwohl er gar nicht weg war. Verrückt. Heimweh nicht nach einem Ort, sondern nach

Menschen. Nach seiner Mutter und seinem Vater. Nach dem Gewohnten, dem Vertrauten. Nach dem, was er früher hatte und ihm dennoch nie aufgefallen war. Und das er jetzt nicht mehr hatte, zumindest seit vier Tagen nicht mehr, und das er jetzt umso mehr vermisste.

Es waren die gewohnten Meckereien seiner Mutter und die regelmäßigen nicht ernst zu nehmenden Wutanfälle seines Vaters. Die waren ihm früher immer ziemlich egal gewesen. Aber sie waren ihm so vertraut, dass sie ihm jetzt, wo sie nicht mehr da waren, tatsächlich fehlten.

Sogar das satte fette Lachen seines Vaters und das belehrende, zurechtweisende Keifen seiner Mutter ging ihm richtig ab. ›Komisch‹, dachte Paul, ›hat man etwas, stört es einen, hat man's nicht, fehlt's ziemlich.‹

Außerdem war das Alleinzuhausesein auch richtig anstrengend. Ja, jetzt musste Paul morgens plötzlich sein Schokoladenmilchmixgetränk alleine köcheln. Und das war nicht nur kompliziert, sondern ging auch katastrophal in die Hose. Der Kakao verklumpte ganz schändlich oder die Milch lief über und das Milchmixgetränk schmeckte wie das schlechteste Milchmixgetränk auf der ganzen Welt.

Früher war Paul immer ziemlich egal gewesen, was seine Mutter kochte, weil alles irgendwie nicht übel schmeckte. Jetzt aber, wo er selbst den Kochlöffel schwang, schmeckte es oft wie schon mal gegessen. Oder wie nach rein gar nichts.

Gestern Mittag hatte er versucht Kartoffeln zu kochen. Das Einfachste auf der Welt, denkt man, wenn man weiß, wie's geht. Paul wusste es nicht. Und prompt hatte er zu wenig Wasser in den Topf zu den Kartoffeln getan. Das wenige Wasser verdampfte und die Kartoffeln schmeckten wie verbrannte, hundsmiserable Kartoffeln! Also wanderten die Kartoffeln mitsamt dem Topf in den Mülleimer.

Paul musste nach vier langen Tagen, ohne seine Eltern, feststellen, dass es mit ihnen in vielen Dingen zumindest angenehmer und bequemer war. Aber auch mit dem Zustand, nach Hause zu kommen und die Wohnung ist leer und rein gar niemand ist da, hatte Paul so seine Schwierigkeiten. Niemand, nicht einmal eine schlecht gelaunte Mutter oder ein mit verbundenen Augen fernsehglotzender Vater. Das schlägt aufs Gemüt, das geht an die Nerven und nagt an der Laune. Die wird auf die Dauer rabenschwarznacht.

Bei diesem Gedanken fiel Paul wieder Herr Kaspar ein. Der saß doch den ganzen Tag und fast die ganze Nacht allein in seiner Wohnung. Und irgendwie tat er Paul jetzt sogar Leid. ›Das muss ja furchtbar sein‹, dachte er. ›Vielleicht braucht er deshalb die Katzen, als Ansprache, wie andere Menschen Vögel. Oder Hunde. Als Ersatz für Freunde, die er nicht hat. Und weil die Katzen nicht freiwillig bei ihm bleiben würden, sperrt er sie einfach ein.‹ Möglich. Oder auch nicht. Auf jeden Fall schien Herr Kaspar ein bemitleidenswerter, einsamer Sonderling zu sein.

Pauls eindeutiges Resümee nach viertägiger Elternabstinenz hieß: lieber einen meckernden, qualmenden Vater im verschlissenen Trainingsanzug und abstehenden Ohren als gar keinen. Und lieber eine nach Kirschmarmelade riechende Mutter auf wackligen Beinen als alleine.

Ein grandioser Trick, viele seltsame Steinbäuche und von Oblomov keine Spur

Wolf-Friedrich ging erneut nach der altbewährten Methode vor. Während er unten im Hausflur an der Glocke von Herrn Kaspar klingelte und das Ohr an die Sprechanlage presste, stand Paul hinter der nur angelehnten Tür in seiner Wohnung und horchte ins Treppenhaus hinaus. Nichts passierte. Wolf-Friedrich musste abermals klingeln. Und dann noch einmal, bis endlich eine verschlafene und mürrisch klingende Stimme durch das gitterförmige Blech der Sprechanlage tönte: »Was ist denn?«

»Po-ost!« und »Ein-schrei-ben!«, trällerte Wolf-Friedrich beschwingt in die Sprechanlage.

»Na und!«, kamen die Worte zurück. »Kommen Sie doch hoch!«

»Geht leider nicht!«, sprach Wolf-Friedrich weiter in die Anlage, »mein Bein, Treppensteigen ist heute nicht!«

Eine Pause entstand, in der die Sprechanlage

überlegte und dann missmutig »Moment!« von sich gab.

›Puh!‹, dachte Wolf-Friedrich und ›Fast geschafft!‹

Paul stand noch immer mit einem Ohr und einem Auge an der angelehnten Tür und lauschte und spähte in den Flur hinaus. Dann ging eine Tür im Treppenhaus auf, Schritte schlappten auf der Treppe und ein blau-gelb gestreifter Bademantel huschte an Pauls Türspalt vorbei und die Treppe hinunter.

›Der Countdown läuft!‹, dachte Paul ganz aufgeregt und ›Oblomov wartet!‹

Paul öffnete die Tür und spurtete die Treppe hoch. Herrn Kaspars Wohnungstür war tatsächlich wie erwartet nur angelehnt. Paul stürmte überfallartig hinein, wollte Oblomov greifen, unter den Arm klemmen und genauso überfallartig die Wohnung wieder verlassen, während Wolf-Friedrich versuchte, Herrn Kaspar mit irgendwelchen zu unterschreibenden Formularien im Zaum zu halten.

Als Paul aber plötzlich mit erstaunten Augen in Herrn Kaspars Wohnung stand, sah es dort ganz anders aus als erwartet. Verdammt! Die durchs Fenster vom Dach aus beobachteten Käfige und Katzen waren nicht zu sehen. Mist! Sie waren verschwunden, wie nie da gewesen. Vielleicht war alles

nur eine arglistige Täuschung, eine gemeine Einbildung, eine miese Fata Morgana, gewesen.

›Ich bin doch nicht blöd!‹, dachte Paul und wunderte sich, wie kaum zu glauben. Die Käfige waren aber trotzdem verschwunden. Oder tatsächlich nie da gewesen. Von den Katzen gab es keine Spur. Dagegen standen überall in der Wohnung Steinfiguren herum. Figuren aus Stein gebaut, mit dicken Steinbäuchen und -köpfen, Steinbeinen und lustigen Gesichtern und bunt bemalt.

›Herr Kaspar produziert Steinfiguren‹, dachte Paul überrascht und dann: ›Nichts wie weg.‹ Und schon huschte er in Windeseile wieder die Treppe hinunter und zurück in seine Wohnung und hinter die angelehnte Tür, an der Sekunden später der blau-gelb gestreifte Bademantel schlappend die Treppe wieder vorbeitapste.

Kurze Zeit später klingelte es an Pauls Tür und als er den Hörer der Sprechanlage abnahm, quäkte Wolf-Friedrichs aufgeregte Stimme bereits: »Und, alles klar?! Hast du ihn?«

»Nee!«, flüsterte Paul, »die W-W-Wohnung, d-d-die Wohnung war t-t-total verändert und nirgends K-K-Käfige und schon gar nicht O-O-Oblomov!«

Wieder entstand eine Sprechanlagenpause und dann drang leise und kaum hörbar »die falsche Wohnung« durch die Leitung.

Noch leiser und richtiggehend bestürzt folgte »Merzig!« hinterher.

Paul konnte sich Wolf-Friedrichs Gedankengänge überhaupt nicht erklären. »M-M-Merzig?«, fragte er verwundert.

»Ich komme!«, schallte es aus der Anlage zurück.

Wolf-Friedrich spurtete in rekordverdächtiger Geschwindigkeit die Treppe hoch. Wäre ihm jetzt Herr Kaspar begegnet, hätte der nur an eine wundersame Beinheilung glauben können.

Oben angekommen platzte es aufgeregt aus Wolf-Friedrich heraus: »Wir müssen nachschauen ... bei Merzig!«

»B-b-bei Merzig? ... A-a-aber wie?«

»Keine Ahnung!«

»A-a-ach, schau m-m-mal. D-d-das stand heute M-M-Morgen in der Z-Z-Zeitung«, sagte Paul und hielt Wolf-Friedrich eine Seite der Morgenpost unter die Nase.

Wolf-Friedrich las:

Kinderschändungsprozess vertagt!

»Neee, n-n-nicht das! Das d-d-da!«, und dabei zeigte er mit dem Finger auf einen kleinen unscheinbaren Artikel unter der Rubrik ›Polizeibericht‹.

Wolf-Friedrich las:

Da in den letzten Wochen vermehrt von Katzenbesitzern der Verlust ihrer Katzen gemeldet wurde, muss die Polizei davon ausgehen, dass es sich bei dem Verschwinden der Katzen um einen organisierten kriminellen Katzenhandel handelt. Die Katzen werden in der Regel nachts eingefangen, um dann anschließend für unerlaubte Tierversuche in die Kosmetikbranche verkauft zu werden. Die Polizei rät den Katzenbesitzern, ihre Katzen nachts nicht aus dem Haus zu lassen.

Für sachdienliche Hinweise, die selbstverständlich vertraulich behandelt werden, stehen alle Polizeidienststellen zur Verfügung.

»Katzenfängerbande! Organisierter krimineller Katzenhandel!«, wiederholte Wolf-Friedrich ganz blass im Gesicht und wie hypnotisiert »Merzig!«

»I-i-ich glaub, wir m-m-müssen das m-m-melden!«, entgegnete Paul.

»Ja!«, stimmte Wolf-Friedrich zu, »du hast Recht! Hier geht es nicht nur um Oblomov, hier geht es um mehr!«

Noch immer hielt er den Artikel in der Hand, schüttelte den Kopf und sah so aus, als wollte er ihn noch einmal auf seine Glaubwürdigkeit hin überprüfen. Nach einer Pause fügte er hinzu: »Merzig ist bei der Arbeit!«

»W-w-was willst d-d-du damit s-s-sagen!«, fragte Paul.

»Dass wir solange versuchen könnten, Oblomov auf eigene Faust zu befreien!«

»Aber ...«, wollte Paul seine Bedenken anmelden.

»Jaja, ich weiß, was du denkst! Aber die Polizei können wir danach immer noch einschalten. Denk doch an Charlotte! Es macht sich doch wesentlich besser, wenn du ihr Oblomov überreichst und nicht die Polizei, oder?«

Bei dem Gedanken vergaß Paul alle Bedenken und willigte augenblicklich ein.

Ein Schlüssel, der passt, und eine Wohnung, die stinkt

Es gab nur eine Möglichkeit unbeobachtet und (von der aufwendigen Dachkraxelei einmal abgesehen) so schnell wie möglich in Merzigs Wohnung zu spicken. Mit einem passenden Schlüssel! Aber wo hätten Paul und Wolf-Friedrich jetzt den passenden Schlüssel für Merzigs Wohnung herbekommen sollen? Wolf-Friedrich hatte zwar einen für den Keller, aber für die Wohnungen passte der selbstverständlich nicht.

»Von G-G-Giggenbach!«, kam es Paul in den Sinn. Ja, der Hausmeister Giggenbach hatte für alle Wohungen Ersatzschlüssel. Und die hingen höchstwahrscheinlich an seinem dicken Schlüsselbund. Und der hing an seiner Hose. Meistens zumindest.

»Außer, wenn er im Keller ist um Eisenbahn zu spielen!«, sagte Wolf-Friedrich.

»O-o-oder um zu r-r-rauchen!«, fügte Paul hinzu.

Ja, dann schließt er die Kellertür damit auf und lässt den Schlüsselbund im Schloss stecken.

»Zumindest war das beim letzten Mal der Fall«, ergänzte Wolf-Friedrich.

»U-u-und vielleicht i-i-ist es heute auch s-s-so!«, sagte Paul und Wolf-Friedrich verstand sofort, was er damit meinte.

Also postierten sich die beiden unter der Kellertreppenstiege und warteten. Sie hatten bis abends Zeit um in Merzigs Wohnung nachzuschauen, denn da kam er, wie die beiden ja schon aus Erfahrung wussten, meistens sturzbetrunken nach Hause. Sollte es den beiden tatsächlich bis dahin nicht gelingen in Merzigs Wohnung einzudringen und Oblomov zu befreien, konnten sie noch immer die Polizei einschalten.

Lange passierte nichts.

Dann, irgendwann als Paul schon wieder beinahe am Poofen und Wolf-Friedrichs Beine bereits am Schnarchen waren, hörten sie Schritte auf der Kellertreppe. Ganz schnell huschten die Schritte nach unten und an die Kellertür.

Paul und Wolf-Friedrich linsten vorsichtig hinter der Kellerstiege hervor und ... und ... sahen ... Frau Giggenbach!!! Sie steckte einen Schlüssel von ihrem dicken Schlüsselbund ins Schloss, schloss die Tür auf und verschwand im Keller.

›Ich werd verrückt!‹, dachte Paul, ›die dicke Frau Giggenbach verbietet ihrem Alten das Rauchen und pafft selber heimlich im Keller!‹ Und während er noch dachte, dass das ganz schön link ist, war Wolf-Friedrich schon am Schlüsselbund und suchte nach Merzigs Wohnungsschlüssel.

»Vierter Stock ... links oder rechts?«, fragte er Paul flüsternd.

»N-n-nimm beide m-m-mit«, schlug Paul vor.

Wolf-Friedrich pulte beide Schlüssel vom Schlüsselbund und blies zum Rückzug: »Los, nichts wie weg hier!«

Die beiden spurteten die Treppe hoch, an der kopfschüttelnden Frau Haslinger und dem verwundert dreinschauenden Zoohändler Zorn vorbei in den vierten Stock. Es war die linke Wohnung! Wolf-Friedrich stocherte aufgeregt mit dem Schlüssel im Schloss herum. Der Schlüssel passte! Das Schloss ging auf und mit ihm auch die Tür. Die beiden standen jetzt in dem nach Pisse und Kot riechenden Flur der Merzig Wohnung. Sie spickten vorsichtig ins Wohnzimmer und sahen ... Käfige und ... Katzen! ... und ...

»Oblomov!«, schrie Paul.

Verdammt! Merzig war der Katzenfänger und der fette Oblomov ziemlich abgemagert und kolossal verstört.

Wolf-Friedrich öffnete den Käfig und Oblomov sprang direkt in Pauls Arme.

»Puh, g-g-geschafft!«, sagte Paul und Oblomov dachte bestimmt dasselbe. Er krallte sich an Paul fest und ließ ihn nicht mehr los. Dass die beiden sich tatsächlich einmal so nahe kommen sollten, hätte weder Paul noch Oblomov jemals geglaubt.

Ein Himmel im Herzen und ein Schwein auf der Flucht

»U-u-und nun?«, wollte Paul noch immer mit zitternden Knien wissen, »w-w-was machen wir jetzt?«

»Jetzt beglücken wir jemanden infernalisch und legen ihm den Himmel zu Füßen!«

»D-d-du meinst ..?«

»Klaro! Warte hier, ich hol sie!«

Wolf-Friedrich stürmte los und Paul wurde noch viel aufgeregter. Jetzt war nicht mehr einwandfrei klar, wer sich an wem festhielt. Oblomov an Paul oder umgekehrt.

Hinter Wolf-Friedrich kam Charlotte mit gesenktem Blick und einer Miene wie schweinemies angetrottet. Sobald sie Oblomov sah, verzog sich das miese Schwein aus dem Gesicht, die Mundwinkel schnellten hoch, die Augen funkelten und ein erleichterter überglücklicher Schrei drang aus Charlotte heraus.

»Oblomov!«, juchzte sie, sprang auf Paul zu und Oblomov an den Hals ... Und dann Paul!

Charlotte sprang mit einem Freudensprung Paul an den Hals und küsste ihn auf den Mund.

Paul wurde dabei feuerrot und glaubte gleich und augenblicklich zu zerspringen. Der Himmel lag nicht nur Charlotte vor den Füßen, sondern verirrte sich auch in Pauls Herz. Paul schloss daraufhin seine Jacke um ihn nie wieder herauszulassen.

Charlotte tanzte im Zimmer herum, warf Oblomov wie einen Ball durch die Luft und schrie und quietschte: »Danke!«, und »ihr seid die Größten!« Womit sie natürlich Paul und Wolf-Friedrich meinte. Sie war völlig außer Rand und Band.

›Wie so ein wenig Glück gleich alles verändern kann‹, dachte Paul. ›Vorher zu Tode betrübt und jetzt himmelhoch jauchzend. Verrückt! Und alles wegen eines durch die Luft fliegenden fetten Katers.‹

Als Charlotte endlich ausgetanzt und Oblomov sich speiübel auf Pauls Bett gelegt hatte, knöpfte sich Charlotte Paul vor. Oh Mann! Jetzt schlug die Stunde der Wahrheit, jetzt hieß es für Paul Farbe bekennen, die Katze aus dem Sack lassen. Charlotte wollte natürlich alles haargenau und klitzeklein wissen. Das war eigentlich auch gar nicht das Problem. Das Problem war, dass Paul das erzählen musste, soll heißen, er musste mit Charlotte reden. Reden hieß stottern und stottern hieß sich blamieren. Und wer will sich schon gern vor seiner Angebeteten blamieren. Also Paul auf keinen Fall.

Er schaute Hilfe suchend und händeringend auf Wolf-Friedrich. Aber der verweigerte jede Unterstützung. Er zeigte unauffällig mit dem Finger auf

Paul, was nur als ›Mach das mal schön selber!‹ interpretiert werden konnte. Anschließend verließ er auch noch das Zimmer.

Oh Mann! Paul war allein, allein mit Charlotte. Immerhin war noch Oblomov in der Nähe. Aber der schlief jetzt!! Auch das noch. Also blieb Paul nichts anderes übrig als loszustottern. Und, oh Wunder!, Charlotte schien das gar nicht zu stören! Sie lachte nicht! Sie pisste sich nicht vor Lachen in die Hosen! Oh Mann! Für sie schien das überhaupt nicht komisch zu sein. Je länger Paul erzählte, umso befreiter er war, umso weniger musste er stottern. Der Himmel in seinem Herzen schien sich richtig wohl zu fühlen. Und Oblomov ebenfalls. Er knatterte jetzt wie eine Motorsäge vor sich hin. Und Charlotte erst recht. Sie lümmelte auf Pauls Ohrensessel, als wollte sie von da nie wieder weggehen.

Und Paul erzählte, bis Wolf-Friedrich wieder ins Zimmer gestürmt kam, und sagte: »Entschuldigt, dass ich das junge Glück störe, aber es wollen auch noch andere teilhaben!«

Und schon kamen alle hinter- und nacheinander ins Zimmer geschneit. Der dünne Hausmeister

Giggenbach mit seiner dicken nach Rauch riechenden Frau, der Zoohändler Zorn, die Krassov-Mutter mit den Krassov-Zwillingen und ihrer Dogge, die Familie Trifonov und zuletzt und auf Abstand (wegen der Allergie!) sogar die ätzende Frau Haslinger.

Alle waren überglücklich und erfreut Oblomov wieder zu sehen, der wiederum von diesem Wiedersehen gar nichts mitbekam, weil er knatternd schlief.

»Los, und jetzt holen wir uns die anderen Katzen und befreien sie!«, schlug der Zoohändler Zorn vor und rieb sich dabei tatendurstig die Hände. Er wie auch die anderen Hausbewohner waren natürlich schon längst von Wolf-Friedrich in die Geschichte eingeweiht worden.

»Gute Idee!«, sagte der dünne Hausmeister Giggenbach, »und ich sag dem Streifenpolizisten Bachhofer Bescheid, dass er sich der Sache und des Herrn Merzig annehmen soll.« Sprach's und war verschwunden.

Frau Haslinger stöhnte auf und sah aus, als könnte sie es immer noch nicht glauben. »Der liebenswürdige Herr Merzig!«, brabbelte sie vor sich hin und schüttelte so heftig den Kopf, dass ihre Haarnadeln drohten herabzufallen.

Dann machten sich alle auf zu Merzigs Wohnung. Wolf-Friedrich schloss die Tür auf und zwinkerte der dicken Frau Giggenbach verschwörerisch zu. Die verstand und wurde rot bis zu den Ohren und Wolf-Friedrich steckte ihr heimlich den Schlüssel wieder zu.

Die Katzen wurden befreit und der Zoohändler Zorn schlug vor, sie vorerst bei sich unterzubringen, so lange, bis die eigentlichen Besitzer ermittelt waren. Der Vorschlag wurde wohlwollend aufgenommen. Herr Merzig dagegen, der überraschenderweise früher als geglaubt auftauchte, wurde von den Anwesenden wüst beschimpft und von Frau Haslinger sogar körperlich mit Faustschlägen an Schultern und Brust attackiert. Herr Merzig war wieder angetrunken und weinte jetzt plötzlich los.

»I-i-ich glaube, d-d-der hat ein psychisches Problem!«, sagte Paul.

»Und ein alkoholisches!«, fügte Wolf-Friedrich hinzu.

»Und jetzt noch ein weiteres mehr!«, ergänzte Charlotte und zeigte auf den gerade eintretenden Streifenpolizisten Bachhofer.

Der Bachhofer! Oh Mann! Das war ein Typ. Der war seine eigene Karikatur. Ein Polizist wie aus einem Satiremagazin. Er hatte nicht nur eine rote

Schnapsnase, er roch auch genauso. Nach Johannisbeerschnaps ... und Eukalyptusbonbons. Er wollte wohl seine wehende Schnapsfahne unter Eukalyptusdampf verstecken. Außerdem war der Bachhofer so fett, dass er sich zuerst einmal setzen musste, nachdem er die Treppen bis zum vierten Stock mit dreimaligem Ausruhen und viermaligem Stehenbleiben doch noch ohne Herzattacke geschafft hatte.

»Ufff!«, stöhnte er und noch einmal »Uff!« und dann »So wat!« und wieder »Uff!«.

Alle anderen standen um ihn herum und staunten nicht schlecht. Paul dachte, ›hoffentlich kollabiert der Herr Bachhofer nicht, bevor er Herrn Merzig festgenommen hat.‹ Und alle anderen dachten das auch.

Dann, als niemand mehr damit gerechnet hatte, sprang der Herr Bachhofer auf wie ein schwerfälliger Flummi, sagte noch mal »Uff!« und dann »Wo ist er?«, und meinte eindeutig Herrn Merzig.

Ja, wo war er eigentlich? Der Herr Merzig! Der war weg! Der Merzig war verschwunden! Im ganzen Bachhofer-Geschnaufe ist er einfach getürmt! Mist!

»Auch gut!«, sagte der Bachhofer, »nehmen wir also zuerst das Protokoll auf.«

»Protokoll!«, wiederholte der Hausmeister Giggenbach erstaunt, dann seine dicke Frau, die Krassov-Mutter und die Zwillinge, die Trifonovs und Charlotte, die ätzende Frau Haslinger, der Zoohändler Zorn, Wolf-Friedrich und zuletzt auch Paul.

»Aber...«, setzte der dünne Hausmeister Giggenbach nach, »wollen Sie ihn nicht verfolgen?«

»Ich?«, fragte der Herr Bachhofer erstaunt und dann lachte er, dass seine Augen wie ein Springbrunnen tränten und sein ganzer Körper zitterte.

Und dann sagte er: »Schauen Sie mich doch mal an!«, und lachte wieder und alle lachten mit. Die Verfolgung wäre sicher sein Tod gewesen, das sah jeder ein (außer vielleicht die ätzende Frau Haslinger).

Der Streifenpolizist Bachhofer telefonierte mit seiner Dienststelle und gab Herrn Merzig zur Fahndung frei. Und während Wolf-Friedrich und Paul haargenau und bis ins letzte Detail alles beschreiben und fürs Protokoll erzählen mussten, tauchte plötzlich völlig erstaunt ein für Herrn Bachhofer fremder Mann im Türrahmen auf. Er trug einen blau-gelb gestreiften Bademantel, hatte einen kahlrasierten Schädel, rot umränderte Augen und Hände so groß wie Topfdeckel.

Herr Bachhofer stierte ihn fragend an.

»Das ist doch ... Herr Kaspar!«, drang es bei allen gleichzeitig und erstaunt aus dem Mund. Und dann: »Was machen Sie denn hier?«

»Das frage ich Sie auch!«, antwortete der.

»Ach, das wissen Sie ja noch gar nicht!«, sagte Wolf-Friedrich und erklärte ihm alles. Und Paul entschuldigte sich anschließend bei ihm, dass sie ihn verdächtigt hatten. Herrn Kaspar war's egal.

›Eigenartiger Kerl‹, dachte Paul, ›aber irgendwie interessant.‹

Als Charlotte vorschlug Oblomovs Wiederkehr zu feiern und vor allem zu Pauls und Wolf-Friedrichs Dank ein Fest zu veranstalten, und zwar morgen und im Hinterhof, wollte Paul unbedingt, dass auch Herr Kaspar mitfeiern sollte.

Der wehrte sich anfänglich natürlich und sagte: »Ich weiß nicht« und »Das ist doch nichts für mich!«

Als dann aber alle darauf bestanden und sogar die ätzende Frau Haslinger ganz hochoffiziell ihn darum bat, willigte er schließlich ein.

»Also morgen Abend um fünf dann!«, brüllte Charlotte vergnügt in die Runde.

»Ich spendier die Würste für den Grill!«, rief der Zoohändler Zorn dazwischen.

»Und wir sorgen für die Getränke!«, fügte die Trifonov-Familie hinzu.

»Und ich komme natürlich auch!«, sagte der Streifenpolizist und freute sich schon darauf.

›Das kann ja lustig werden‹, dachte Charlotte und Paul dachte das Gleiche.

Dann zwinkerte sie ihm zu und er zwinkerte zurück. Und dieses Mal sogar ohne rot zu werden.

Paul und Charlotte und das fröhliche Ende

Das Fest war in vollem Gange. Zwischen den Mülltonnen und den Wäscheständern waren Lichterketten aufgehängt. An der Hauswand war als Überraschung für Paul ein Aquarium aufgestellt. In ihm schwamm Pauls Lieblingsfisch Wanda und feierte mit. Auf dem Grill brutzelten Würstchen und Fleischstücke. Der Streifenpolizist Bachhofer und der Hausmeister Giggenbach tranken bereits Brüderschaft und beide waren schon ziemlich knülle.

Der Zoohändler Zorn flirtete mit Frau Krassov und zwar so, als ob sie noch nie an seiner behaarten Brust gehangen hätte. Die Krassov-Zwillinge ärgerten Frau Haslinger, indem sie unterm Tisch andauernd miauten. Und die Krassov-Dogge stibitzte immer wieder ein Würstchen vom Grill und verspeiste es zusammen mit Oblomov hinter den Mülltonnen. Die dicke Frau Giggenbach langweilte sich offenbar und verschwand immer wieder im Keller.

Paul, Wolf-Friedrich und Charlotte waren in ein intensives Gespräch mit Herrn Kaspar verwickelt. Ja, er war tatsächlich gekommen. Natürlich fragte ihn Paul, was das mit den Steinfiguren auf sich hatte.

Herr Kaspar erklärte, dass er sie herstelle, um sie zu verkaufen. Als Briefbeschwerer oder Buchständer, zu Dekorationszwecken oder einfach nur zum Anschauen. (Mit den größeren Steinen klebte Herr Kaspar also Steinfiguren zusammen und die kleineren Steine brachte er wieder zum Fluss zurück.) Aber eigentlich war Herr Kaspar Schriftsteller, wie von Herrn Krassov vermutet (der zum Glück für Frau Krassov und den Zoohändler Zorn wieder mit seinen Espressomaschinen unterwegs war).

»Ja, ich schreibe Bücher!«, sagte er. »Oder besser ich versuche es. Denn Bücher schreiben ist gar nicht so einfach, wie die meisten denken!«, und dabei schaute er Paul an, als ob das Schreiben für Herrn Kaspar so ähnlich wäre, wie das Sprechen für Paul.

»Aber vom Schreiben allein kann ich nicht leben«, erklärte Herr Kaspar weiter, »deshalb bastle ich nebenbei die Figuren.«

»Sch-Sch-Schriftsteller!«, sagte Paul fasziniert. Und dann Charlotte und zuletzt Wolf-Friedrich.

Charlotte kam dann auf die glorreiche Idee, dass

Herr Kaspar doch etwas vorlesen könnte. Natürlich waren alle, bis auf Herrn Kaspar begeistert von der Idee. Als alle gerade im Begriff waren überzeugend auf ihn einzureden, tauchten Pauls Vater und Pauls Mutter auf. Zurück aus Venedig, zu zweit und nach einer Woche.

»Puh! Glück gehabt!«, sagte Herr Kaspar

Und »Abwarten!«, drohte Charlotte.

Die sieben italienischen Tage hatten kolossale Spuren bei Pauls Eltern hinterlassen, sodass Paul sie kaum wieder erkannte. Auch für die anderen waren Pauls Vater und Mutter ziemlich verändert. Pauls Vater wucherte ein blonder, ungepflegt aussehender Vollbart im roten Gesicht und in die Nase hinein und die langen Haare seiner Mutter waren so glatt wie lang gestreckt. Ihre prachtvolle Lockenhaarmähne war bis auf weiteres verschwunden. Dazu trugen beide eine kolossal miese Laune vor sich her wie einen vollgekleckerten Latz. Sie waren durch und durch sauer und ganz besonders auf Paul. Sie hatten sich geschworen ihm ordentlich wegen der Lockenwickler und des Rasierapparats und der halb vollen Koffer die Leviten zu lesen.

Als sie aber in das bereits auf Hochtouren laufende Hoffest platzten und ganz überraschend Paul hoch gelobt und angestrahlt als Helden und Oblomov-Befreier erblickten, blieb ihnen natürlich nichts anderes übrig, als ihre Wut leise räuspernd abzulassen.

»Sieht g-g-gut aus!«, sagte Paul zu seinem Vater und konnte sich ein Lachen nicht verkneifen.

»Wie'n Fettsack mit Vollbart«, fügte Wolf-Friedrich breit grinsend hinzu, woraufhin alle schadenfroh lachten.

Pauls Vater räusperte sich und räusperte und räusperte und Pauls Mutter räusperte sich auch. Dann nach unendlich langer Räusperei waren sie doch noch stolz auf ihren Sohn und seine Heldentat. Sie schüttelten den Kopf wie kaum zu glauben.

Pauls Mutter sagte nur immerzu: »Der Herr Merzig?!«

Pauls Vater fügte ebenso ungläubig hinzu: »Nein?!«

Woraufhin der dünne Hausmeister Giggenbach und seine dicke Frau, die Krassov-Mutter mit den Zwillingen, der Zoohändler Zorn, die Trifonov-Familie und die ätzende Frau Haslinger mit einem gemeinsamen lang anhaltenden: »Jaaaaaaa!!!«

antworteten, während Charlotte nickte, Paul und Wolf-Friedrich strahlten und Herr Kaspar schwieg.

Dann fragte Pauls Mutter noch verwunderter: «Und Paul?!«

Und Pauls Vater fügte noch skeptischer hinzu: »Nein?!«, woraufhin wiederum alle mit einem durch den ganzen Hinterhof hallenden: Jaaaaaaa!!! antworteten, während Charlotte noch immer nickte, Paul und Wolf-Friedrich strahlten und Herr Kaspar noch immer schwieg.

Anschließend wurde getrunken und zugeprostet und die von der Krassov-Dogge übrig gelassenen fast verbrannten Grillwürste und Fleischstücke verspeist. Dazwischen ließen alle Paul immer wieder und ziemlich oft hochleben und dann Wolf-Friedrich und Oblomov, dann Charlotte und zuletzt und ziemlich betrunken sogar die ätzende Frau Haslinger und keiner wusste, warum gerade die. Aber eigentlich war's ja auch egal. Ganz und gar nicht egal war, dass sich Herr Kaspar nach Bitten und Betteln endlich überreden ließ aus seinem Buch vorzulesen.

»Okay, wenn's denn sein muss«, sagte er. Und dann fügte er noch hinzu: »Ganz besonders für dich Paul!«, und begann.

Alle hörten aufmerksam und gespannt zu.

Charlotte hatte dabei Tränen vor Freude in den Augen und blinzelte Paul heimlich über den Tisch hinweg zu. Paul wurde zuerst knallig herzlich rot, dann noch röter und dann blinzelte er zurück.

Die Krassov-Mutter lauschte mit der Hand unterm Tisch und auf dem Bein vom Zoohändler Zorn. Die Krassov-Zwillinge hörten mit vier Ohren gleichzeitig zu und die Dogge mit zwei und dafür ziemlich großen. Mit ganz spitzen und gähnend Oblomov, ebenso die Trifonov-Familie und Pauls haarglatte Mutter und sein vollbärtiger Vater.

Die ätzende Frau Haslinger hörte zu, als ob sie überhaupt nichts verstand. Und der Streifenpolizist Bachhofer verstand wirklich nichts, genauso wenig wie der dünne Hausmeister Giggenbach, weil beide schliefen, mit gefalteten Händen auf dem dicken und dem dünnen Bauch.

Auch Pauls Lieblingsfisch Wanda schaute mit seinen Fischaugen aus dem Aquarium heraus und dem lesenden Herrn Kaspar zu.

Der las und las und es ging um Träumereien und um Fische, um Einsamkeit und um Niemehrallein. Und irgendwie ging es auch um Paul und Wolf-Friedrich. Ein wenig auch um den dünnen Hausmeister Giggenbach und seine dicke Frau, um die Krassov-Mutter, die Zwillinge und die Dogge, natürlich auch um den Zoohändler Zorn, um Herrn Merzig, leider auch um die ätzende Frau Haslinger, um Pauls Vater und Mutter, um die Trifonov-Familie und selbstverständlich auch um Oblomov und ganz besonders um Charlotte.

»Das war's!«, sagte dann Herr Kaspar irgendwann. »Das ist das Ende des Buches.«

Alle applaudierten, die Dogge bellte, Oblomov miaute, Wanda zwinkerte und schwamm und Charlotte und Paul warfen sich vertraute Blicke zu.

Herr Kaspar verneigte sich noch mal und klappte das Buch langsam und glücklich zu.

Sobo

geboren 1966, studierte zunächst Mineralogie
und arbeitete u. a. als Hotelportier
und Zeltwart.
Nach einem Schauspielstudium ist er jetzt
als Regieassistent tätig.
Sobo schreibt außer Kinderbüchern
auch Theaterstücke und Drehbücher
und erhielt das Literaturstipendium
der Stadt München.
Sobo lebt in München und Berlin.
1998 wurde er mit dem Stipendium
der Preußischen Seehandlung ausgezeichnet.
Bisher erschienen im Altberliner:
1997 Spur ins Blaue,
1998 Lena Wolkenlos

Nach der neuen Rechtschreibung

Illustrationen von Karoline Kehr
Druck & Buchbindearbeiten: Clausen & Bosse
Printed in Germany 1998
ISBN 3-357-00823-8